診療所の大事件

Ten major incidents of the clinic

山口晄
Akira YAMAGUCHI

文芸社

もくじ

第一章

初対面の人に気後れするのは誰だってある。それは僕が小学四年生の時だった。新学期に一人の転校生がやって来た。名前は磯貝マリコ。彼女は笑顔がとても可愛らしい子だった。

ベビーブームのピークは終わっていた。しかし、僕が生まれた年に、日本では二〇〇万人以上も赤ちゃんが誕生した。今では想像もできないが、一クラスに五十五人もの児童の瞳が輝いていた。マリコ、茂と晴美の三人も転校してきたおかげで四年生は急遽《きゅうきょ》三クラスになった。

「僕の方を見てほしい。マリコと話をしたい」との想いが僕の胸の中で急速に膨らんでいた。

僕は小学三年生から、家の庭の花を摘んで教壇の花瓶に生けるのを日課にしていた。

「花を生ける奴は女々しいぞ。アキラが昨日持って来たつゆ草なんて雑草だ。花瓶に飾る値打ちもないぞ」と男子生徒たちは大きな字を黒板に書いて、僕を揶揄《やゆ》した。とりわけミノルの落書きは最悪だった。

でも、そんなことは気にも留めず、僕は毎日花瓶に黙々と花を生け続けた。花を生けたその瞬間から一日が凛《りん》として始まるのが嬉《うれ》しかった。

花を育てるのが大好きな祖母まさも頗《すこぶ》る元気だった。僕の屋敷はとても広大で、母屋と父が経営する歯車工場二棟と倉庫があった。北西側は高い防風林の針葉樹に囲まれていて、冬の強い北風を遮ってくれた。南側の六十坪ほどの日当たり抜群な庭に、祖母は花と家族が食べるだけの野菜を育てた。

「隣村の貧しい農家から十九歳で嫁いだの。持ってきたのは、小さな箪笥《たんす》と長持ちの二つだけ。夫の錦次郎が始めた歯車工場で朝から晩まで働いた。アキラの父親を含む四男三女を立派に育て上げた」と祖母は言った。

年寄りだと思っていた祖母は、当時六十歳そこそこだったから、今の僕よりも五歳は若かった。

戦前から住み込みで工場で働いていた一家族がいた。それが同級生の美代子の一家だった。僕の家のすぐ隣の三十坪ほどの狭い敷地にある平屋の小さな家に、四人で仲良く暮らしていた。

父親の勤務でマリコは五歳の時前橋市からアメリカへ渡った。それから転校して来た三月まで五年間をサンフランシスコで暮らしていた。

僕たちが熱狂したのは、マリコが英語を流暢《りゅうちょう》に話すことだった。自己紹介は日本語のイントネーションが変で、日本語にはまるで聞こえなかった。しかし、それを咎《とが》め嘲笑する同級生は一人もいなかった。

当然だが、彼女は同級生の誰よりも英会話が優れていた。今とは違って僕たち十歳の英語能力は、アルファベットをAからZまで正しく書くのも怪しかった。だから、マリコが学校の人気者になるのに時間は要らなかった。

「サンフランシスコは、冬でも華氏六十度と暖かいの。路面電車で急なスロープを時速二十マイルで走って行くの。ブリッジの近くのレストランのゴールデン・ゲート・クラムチャウダーは冬は最高に美味しいの」と自己紹介した時の緊張で小さく震えていた彼女の姿を鮮明に今も思い出す。

「だけど華氏六十度は摂氏何度なの？　暖かい？　寒い？　路面電車は時速何キロで走るの？　何度の急坂なの？」と誰もが興味津々だった。しかし、質問する勇気は誰にもなかった。

マリコは背が高く痩せっぽちだった。僕たちみんなが彼女をじっと見つめていたのに、彼女は僕たちに視線を合わせてはくれなかった。彼女の細くて柔らかな黒髪は耳をやっと隠すショートカットだった。小顔なので足が長いと感じた。でも、なぜか分からないが、いくら努めてもマリコの顔は思い出せない。

「石楠花《しゃくなげ》の花がとても綺麗ね」と、その朝マリコは教壇に近寄って花を愛《め》でた。僕は感動で体が強直し、口は麻痺《まひ》した。

「ありがとう」とぎこちなく答えた。

「アキラ！　石楠花はどうしたの？」と翌日、大切な花を許しもなく摘んだのを祖母から酷《ひど》く叱責された。

ようやく教壇の花を話題にして、何とか話ができるようになった頃、彼女は、急な父親の転勤でフランスへ行ってしまった。マリコとの思い出は一年足らずだった。僕が物事に積極的になった理由が、本当に彼女と出会ったからだと考える根拠も怪しいと今では思う。

だが僕には唯一の確信があった。

「英語がお上手ね」とマリコに褒めてほしいとの願いだ。英会話を習得したい僕の強烈な願望は持続した。そのエネルギーは純粋かつ強烈だった。早朝にラジオ英会話を毎日聴くことなんか何も苦痛でなかった。六時に起床しラジオのスイッチを入れて放送を聴いた。

「勉強しなさい。勉強しないとお小遣いをあげないぞ」とは両親は僕にも姉にも弟にも一度も言わなかった。

「好きなようにしなさい。でも遊んでばかりだと歯車工場の跡継ぎにするぞ」と言って僕が狼狽《ろうばい》するのを父は楽しんでいたように思えた。歯車工場を継いで、油に塗《まみ》れた自分の未来を想像するのさえ僕は大嫌いだった。

「猛烈に勉強して、手の汚れないサラリーマンになるぞ」と僕は叫んだ。

「落ち着きがなく、頑固で協調性がない」は、小学校三年生まで踏襲された担任の通知表の総合評価だった。ところが、早朝のラジオ英会話の奮闘が僕を別人に変えた。

「学習能力が優れている。クラス全員の規範となっている。自主性と計画性があり協調性もある」と四年生になると優等生の評価へと格上げされてしまった。

僕がさらに幸運だったのは、中学一年の時にフィラデルフィア出身のジョンとトミーに遭遇したことだ。布教活動を目的に来日したモルモン教徒の彼らは、僕の大恩人だ。彼らは純粋で何も代償を求めなかった。

「聖書を週に三十分間読むだけで英会話を教えてあげる」と言った。

だが、彼らが掲げるコスモポリタンの思想と自由博愛の精神が、僕の心に根付いたかを自分自身では評価できない。

偶然、僕の中学の入学祝いに父はオリベッティの高価なタイプライターを買ってくれた。

ブラインドでパチパチとタイプを打つ音が、心地よく心に響いた。綺麗にタイプした僕の文章をジョンとトミーは容赦なく添削した。この赤文字だらけの添削は僕の英語力を飛躍的に向上させた。

「アキラ、アメリカのどこに住んでいた？」と初対面でジョンは真面目に英語で質問した。

「いや、僕はアメリカなんて行ったことないよ。お金もないし。一ドルは三六〇円もする。大体、海外なんてこんな片田舎の中一の学生には無理だよ」とはにかんで答えた。

次の瞬間、僕を有頂天にする殺し文句をトミーが発した。

「本当かい？　それだけ流暢に話せるのは凄《すご》いなあ。君は絶対に何年もＵＳＡに住んでいたと思った。理由は発音がネイティブっぽいからさ」と大げさに驚く仕草をしてジョンと顔を見合わせた。それから一年も経たず、僕は日常会話なら自由に話せるようになっていた。

高校一年の春だった。僕のクラスの英語を担当した山之内邦夫教頭が「アイ・シンク」と発音したことに、僕はとうとう禁断の発言をしてしまった。

「教頭先生、アイ・シンクでは沈んでしまいます」と思わず口にした。危険な発言の瞬間に、僕はフリーズした。

「教頭先生の発音は聴きづらいですよ」と田宮誠教諭が咄嗟《とっさ》に庇《かば》ってくれた。おかげで最悪の窮地からは脱した。

田宮先生は一七五センチの長身で鼻筋の通った美男子で、女生徒の憧れの的だった。海軍士官学校で敵国語だった英語のエリート教育を受けた。彼が諜報《ちょうほう》活動をする前に日本は敗戦を迎えた。

残念なことに田宮先生は、この事件の一年後に急性白血病で亡くなった。僕は先生に直接窮地を救ってくれたお礼を言わなかったことを、今でも後悔している。

「英語研究者になれば、快適で平穏な生活が保障されるよ」と、田宮先生を除いて僕に英語教師や研究者になることを勧める先生が大勢いた。

「英語なんて単なるコミュニケーション・ツールです。絶対に英語教師にはなりません。先生達のように美しい英文も書けませんし、その必要性も感じません。英語は通じれば良いのです。語順や文法は多少間違っても」と生意気な僕は、他の高校英語教師たちとも激突した。僕はその頃、英会話に重要なのは名詞ではなく、豊富なボキャブラリーと適切な動詞を的確に使うことだと気付いていた。

僕の父の山口基《はじめ》は、祖父錦次郎の跡を継いで歯車会社の社長になった。母の富子《とみこ》も父の工場を手伝っていた。

祖父は尋常小学校を卒業して、すぐに東京の歯車工場へ住み込みで働きに出た。農家に生まれた錦次郎は真面目で向上心が旺盛な人物だった。七人兄弟の次男だったので、住み込みは食い扶持減《ぶちべ》らしだった。

彼が働き始めた明治三十五年頃は繊維工業が日本の主力産業だった。機織りの機械を製造する機械工業も国産化され始めた。しかし、大部分の機械は高額で高性能な英国製やアメリカ製だけだった。

「これからの主力産業は繊維工業ではない。必ず機械工業が主流になるぞ」と将来を彼は達観していた。当時、耐摩耗性が優れた歯車の製造技術はわが国には皆無だった。祖父が勤務した大日本歯車製作所は、国産歯車の製造を日本で三番目に始めた。

その会社で十二年間コツコツ貯めた祖父の開業資金は、僅か一二〇円だった。祖父は寝る間も惜しんで技術習得に励んだ。奉公を終えて故郷群馬に小さな歯車工場を始めたのは大正三年、弱冠二十六歳だった。足りない資金は地元の資産家と本家から借りた。借金の総額が三〇〇円にもなった。今の相場では約三〇〇〇万円だ。

歯車製造機の中古や金属加工機械を購入すると、資金は底をついた。職人は、錦次郎と兄弟の四男順一の二人だった。

関東大震災が大きな転換期となった。震災直後から多数の技師たちと家族が流入したからだ。大正六年に出来た中山航空機工場の周辺は、昭和初期には輝かしく発展した。しかし終戦前の相次ぐ空襲で、人だけでなく建物も甚大な被害を受けた。だが山口歯車製作所は空襲による損害を奇跡的に免れた。

父は社長を受け継いだ。僕の兄弟は、一歳年上の姉妙子と二歳年下の弟浩がいた。

「歯車は縁の下の力持ち。目に見えないところで大活躍している。モノづくりの素晴らしさをアキラには実感してほしいんだ。動いている機械をよく見て、美しいと感動してほしいなあ。歯車をつくる歯切り盤の精度は一〇〇分の一ミリ、つまり十ミクロンと高いのだ。歯車を固定して油を流しながら研磨する技術は、日本でもこの工場を含めて数か所しかないよ」

祖父は技術の精密さを嬉しそうに自慢した。

そして歯車工場の社会見学に来た小学生たちを前にして雄弁に語った。

「油に塗《まみ》れた爪の黒ずみが技術の高さの勲章だ」

父のこの言葉には技術者としての誇りを感じた。だが、僕は油に塗れ、爪が黒くなる作業が大嫌いだった。僕が八歳になった年から、毎週日曜日に父の特訓は始まった。父は歯車研磨の技術を基礎から丹念に指導してくれた。これを逃れる術《すべ》が一つだけあった。それは父が僕たちに強要した勉強法だった。具体的には全科目の教科書をひたすらノートへ書き写す課題だった。

「そんな教育方法は全く無意味ですよ。おやめなさい」と担任の山田昭夫先生は、父の教育方針を完全否定した。しかし、この方法だと夏休みが終わるまでに教科書一冊を書き写すことになる。結果として、一年分の教科書を五か月で終了することになる。担任の予測を裏切って定期試験では兄弟三人ともほぼ満点になった。


マリコが突如家に来た。彼女は純白の半袖のブラウスを着てコバルトブルーのスカートをはいていた。太陽がまだギラギラ輝いていたから多分秋だった。隣の美代子と一緒だった。出会いから数か月後だと思う。でも、秋だったか夏の終わりだったかは定かでない。太陽の光が優しく輝く麗しい日だった。

突然の訪問に僕は小躍りした。それは僕が父から歯車研磨の仕上げ工程の手解《てほど》きを受けていた指導の最中だった。工場はツンと鋭く鼻を衝《つ》く揮発油の臭いが充満していた。しかし、少し経つと臭いは全く気にならなくなる。壁には金属の黒い汚れが斑《まだら》に染みついていた。北側の明かり取りの窓から斜めに光線が差し込んで来た。照明がないので昼間でも薄暗い。

一三八センチの痩せっぽちな僕は、父のブカブカの油で汚れた紺色の作業服を着ていた。爪には黒い油が染み込んでいた。急いで臭いが染みついた服を脱ぎ棄《す》て、石鹸で手をゴシゴシ擦った。焦っても黒い油も臭いも取れない。

「アキラ君は幸せね」

「どうして。こんなに指も手も黒く汚れているのに」とマリコに油に塗れた両手を開いて見せた。

「だって羨ましいわ。私のパパはいつも家にいないの。でもアキラ君は直接お父様に歯車作りを教えていただけるから羨ましいの」

それがマリコから聞いた最後の言葉だった。それから学校で起こったことは全く覚えていない。三月にマリコにお別れの挨拶をしたことさえ記憶が消えている。


五年前に「南部小学校卒後五十年を祝う会」の案内状が幹事のミノルから届いた。ミノルは江戸末期の万延元年創業の造り酒屋の四代目社長になっていた。毎年春先には、彼の家の酒蔵に大きな緑色の杉玉が下がっていた。幼少期から彼は親分肌で愛嬌《あいきょう》だけはあり、クラスの人気者だった。成人後も相変わらずお調子者だった。彼の言葉は乱暴だが気持ちは優しい奴だ。

「日本酒愛飲家が減少して家業は厳しい経営状況だ。だから、国内だけでなく欧米でも販路を計画している。昨年は香港とシンガポールでは展示会に出した。俺が創作した大吟醸酒赤城山の味見をしろ」と一升瓶を実家に送って来た。

「少し水っぽいなあ。でも、微《かす》かにフルーツの香りがする。利根川のミネラル豊かな水とコメも最高だから、まあまあ上出来だな」と僕は生意気なコメントした。

「当日の司会は俺がやる。同級生全員が満六十二歳だ。高齢者集団だぞ。アキラは生徒会長だったし、出世頭だから開会の挨拶をお願いするぞ。恩師の澤田敦子先生も招待しているから絶対に参加しろよ」とミノルは一方的に案内状を送って来た。でも僕は結局参加しなかった。

「南部小学校卒後五十年を祝う会」が終了した一週後に、美代子から手紙が届いた。担任の澤田敦子先生が祝う会に参加されたと。先生には今でも赤面するほど恥ずかしい質問をしてしまったことを思い出す。

「先生、質問いいですか。先生はいつも勉強は大切ですと話されます。勉強ができる人間は、大人になるとお金持ちになれますか?」と幼稚なものだった。先生がどう答えるか生徒全員は興味津々だった。その証拠に、騒がしかった教室は静まり返った。

「勉強はとても大切です。でも、勉強のできる人間が必ずしもお金持ちになれるとは限りません」と毅然《きぜん》と答えた。何か大切な言葉を補足したと思うが、記憶がない。でも僕は先生の答えの意味を当時は理解できなかったことはだけは覚えている。

「澤田先生は背がとても低くなられました。骨粗鬆症《こつそしょうしょう》で背中が曲がっていますよ。でも七十四歳には見えないくらい現在もお元気でした。にこやかなお顔で、アキラ君はどうしているかな？　と私に何度も尋ねられました」

先生と僕たちには、大人と子供ぐらいの年齢差があると思い込んでいた。しかし、考えてみれば先生は大学卒後三年目に僕たちのクラスの担任になったので、僕たちとは一回りしか年齢差がなかった。

五十年の月日は僕たちの顔貌を容赦もなく変えた。老化の理《ことわり》は時に不平等だ。同封の四年一組の同窓生三十二名の記念写真は諸行無常を証明していた。真ん中に澤田先生と思しき背の低い眼鏡をかけた老人が笑顔で座っている。その人物を取り囲むようにみんなが満面の笑みを浮かべている。その顔には酷く皺《しわ》が目立つ。ある人は毛髪が薄くなり、ある人は白髪となり、完全な禿《はげ》もいる。それにしても最新のデジカメは残酷すぎる。同級生の顔の深い皺には、歳月と人生の喜怒哀楽を正直に刻んでしまう。

「澤田先生のすぐ右隣が私、美代子です。先生のすぐ後ろはアキラ君へ案内状を送った幹事のミノル君です」と美代子は参加者全員の名前を書いてくれていた。ミノルの髪はフサフサで、大声で叫んでいるのが聞こえそうなほど大きく口を開けている。周りの連中も万歳をしていた。

「転校生だったマリコさんは、パリの大学を卒業し外交官になった、とお母様から連絡をいただきました。マリコさんのお母様は夫の反対を押し切り、実家のある南部小学校に転校させました。日本人としてのアイデンティティーを娘に持たせたいとの強い信念からでした」と美代子の追伸に書かれていた。

「マリコは夢を叶《かな》えたんだ。コスモポリタンになった」と僕は呟《つぶや》いた。

今、僕にはマリコに会う勇気はない。五十年の年月はあまりにも残酷だ。肉体と精神の衰えは万人に平等だから。美代子に感謝の手紙を送った。

「美しい記憶は、そのままに凍結しておこう」と僕は心の中で呟いた。

＊　＊　＊

僕はサラリーマンになる希望を変えて医者になることにした。外科医のカッコよさに憧れたからだ。

第一志望だった国立高崎医科大学医学部に現役合格した。優れた外科系医師を志望した。そのために卒後研修は大学病院でなく、高崎市立総合病院を選択した。僕は基礎研究者ではなく、有能な臨床医になりたかったからだ。この病院の臨床教育は、日本でトップクラスだった。今では当たり前のすべての科の研修をする全科ローテート研修を昭和四十六年から始めていた。長嶺建伸部長を沖縄県西部病院から招聘して、米国の新しい研修システムが開始されていた。

研修二年目になって、整形外科医になることを僕は決心した。さらに専門分野を膝関節に決めた。しかし、それから三十年以上も大学で臨床医として勤務するなんて予想さえしていなかった。

この間に僕には自慢すべき実績を二つ作った。一つ目は、十三名の後輩医師に膝関節治療の哲学と手術手技を伝授できたことだ。二つ目は、アステロイド曲線を応用した可動域が良好な人工膝関節「アステロイド・ニー」を開発して商品化したことだ。

僕は卒後研修の一年目に内科四か月間、外科二か月間、麻酔科二か月間、小児科二か月間、産婦人科二か月間と欲張ったカリキュラムを組んだ。二年目には脳外科、整形外科、泌尿器科、耳鼻科、眼科を各一か月間ローテートする計画とした。専攻科が決定すれば、残りの半年をその科で研修する予定だった。この年の研修医は五名採用予定だった。しかし残念にも一人は国家試験に不合格になったので、研修医は四人に減ってしまった。

僕はこの研修病院で瞳がとても美しい女性に巡り合った。名前は橘かおり。その時彼女は卒後三年目の理学療法士として病院に勤務していた。四十七キロと痩せていたが、身長は一七〇センチもあった。ハイヒールを履けば僕より背が高くなった。細身の外見とは大違いの大食漢で、薄化粧しかしない女性だった。初めて会ったのは東病棟四階で、僕の整形外科ローテートの最初の週だった。

「全荷重歩行しても骨髄炎が悪化しませんか。松葉杖を使う必要はないですか?」が彼女の最初の鋭い質問だった。僕が人生で初めて執刀した十八歳の男性患者だ。左脛骨急性《けいこつきゅうせい》骨髄炎《こつずいえん》で腐骨《ふこつ》除去した患者だった。かおりの優しい眼差しは、僕の網膜を突き抜けて大脳皮質まで到達した。

研修医の拘束時間は恐ろしく長かった。だから、彼女と出会う機会は極端に限られた。最大の難題は、デート時間の確保だった。しかも交際は極秘だった。今のように携帯電話はなかった。連絡手段が固定電話なので、彼女の下宿先の彼女の叔母にデートの場所と日時を伝言した。かおりの叔母と僕には面識はなかった。しかし、彼女は温かみのある優しい声の持ち主だった。

時間に間に合わないことが頻発するようになった。レストランで長時間待たせたことが何度もあった。連絡もなく一時間以上も遅れた時のデートは中止と決めていた。

「帰ります。かおり」と高崎駅の伝言板に書いてあることが何度もあった。

「父は高山市の春慶塗の漆器工房を経営していました。父征男は中国広東省東莞《とんがん》市の会社との合弁事業を始めましたが倒産して、多額の借金だけが残ったのです。家族もバラバラになってしまいました。私が中学三年生の春でした」とかおりは顔を曇らせた。

「高校を卒業して高崎の叔母の家に下宿させてもらいました。理学療法士の資格を取って市立病院に就職しました。それがこの病院です」

それ以上の事情はかおりから詳しくは聞いていないが、多感な年齢だった彼女には衝撃的な事件だったに違いない。

「アキラ、今度いつ会えるの？」

「週末は当直だから無理だな。また電話するから」

病棟患者の他愛もない疑問やトラブルが僕たちの会話だった。僕たち研修医はローテート科と救急部とに二重に所属していた。一年目と二年目の合計八名の研修医が毎日一名当直した。四月から三か月間は二年目の研修医も一緒に当直した。

「研修医の手に負えない患者は、すぐに常勤当直医をコールすべし」とのルールはあった。本当に僕たちは、若くて元気そのものだった。たとえ一睡もできなくても、当直が終わってからの翌日も競って働いた。

「一年後には、先輩みたいに洗練された救急処置ができるか?」と僕たちは繰り返し自問した。常に強い不安と重圧に押し潰されそうだった。

「優秀な臨床医になりたい人間は、救急部に張り付きなさい」と鈴木太郎院長が訓示した。研修医は誰もが有能な医師を目指したかった。過労死予防のため、勤務医も当直翌日に休暇を取らなければならない法制度は当時もあった。しかし、鈴木院長の言葉を無視して帰る研修医はいなかった。

研修医の一日はとても長く、健康を害するほど過酷だった。夕方五時から翌朝八時三十分までの救急の当番と当直が一日ごとに組み込まれた。交通事故、熱傷、腹痛、胸部痛など、多様な症状がある老若男女の患者が次々と運び込まれて来る。創縫合、気道確保、挿管心臓マッサージと的確な技術を猛スピードで次々と僕たちは習得した。

二年目の整形外科指導医は松下四郎副部長で、彼の外傷論は驚くほど厳格だった。

「骨折は、骨折線が見えなくなるまで徹底的に整復をすべし」

「レントゲンで骨折線がまだ見えるぞ。やり直しだ」が彼の十八番《おはこ》だった。絶対に妥協を許さない先輩だった。僕が手術を華麗にできるのは、彼の厳しすぎた薫陶《くんとう》のおかげだと感謝している。

二年間の研修期間を終えた僕は高崎医大へ異動し、その二年後にかおりと僕は結婚した。

第二章

三十五年間勤務した高崎医大を僕が定年退職する日が来た。幸い後輩が地元の病院の名誉院長の職を紹介してくれた。外科医として手術を継続するか大いに迷った。今のレベルを保って確実な手術をする自信も十分あった。しかし、僕は別の職場を選択した。

「地域在住高齢者の運動機能の向上」のテーマで共同研究していた大河内博太郎先生が学長に就任していた、千葉県にある房総医療大学でお世話になることを決意した。

「有用な人物なら即刻教授として採用して良い」という山邉尚美理事長の寛容な一声で就職は決まった。

僕の就職は、書類選考もない完全な縁故採用だった。この採用法は、多種多様な形質導入による持続的発展を望むことができない。人材登用の多様性からは真逆の発想だった。可でも不可でもない金太郎飴的な人間を、永続的に採用する循環に陥る危険が高い。この類《たぐい》の人材はチャレンジ精神がないだけでなく、改革すら拒む。

「山邉理事長は前理事長達吉先生の長女です。十年前の大学設立時には心理学部長でした。前理事長は、娘の尚美を私の後継者にしてもいいだろうかな？　と何度も私に呟かれました。敢えて私は何も申しませんでした。『尚美は米国コロンビア大学で心理学博士号を取得したから、資格もキャリアも十分にある』と前理事長は何度も言われました。しかし、心筋梗塞で三年前に達吉理事長は急逝されました。六十八歳でした。急遽彼女は、弱冠四十三歳で新理事長に担がれました。大学の運営方針を、前理事長の遺志を継いだ叔父の常務理事山邉有三さん、親族で本部長の岩切浩明《いわきりひろあき》さん、および星川一志《ほしかわかずし》副学長の三名が補佐しています。

房総医療大学を飛躍させる壮大なビジョンをお持ちだった達吉理事長が亡くなったのは、大学の甚大な損失でした。私は雇われ学長ですから、大学の方針に強い異議は申せません」と大河内学長は、着任早々の僕に詳しい内情を漏らしてくれた。

僕と大河内学長は二十一年前、唐突かつ乱暴な出会いをした。彼が国立東都大学大学院教育学研究科科長の時だ。ベストセラーになった彼の著書を読んだ僕は、面会予約を取るや高崎から新幹線に飛び乗り、新宿区の大学研究室へ押しかけたのだ。

この本は、妻かおりが子育ての参考になると僕に見せた本だ。彼の研究室の入り口には「教育学研究科長」と「大河内教授研究室」の二つのプレートが掛けてあった。

「こんにちは。先ほど連絡しました高崎医科大学整形外科専任講師の山口アキラです。先生の著書に感銘を受けて参りました」と僕は強くドアをノックした。

「お入りください」と低い声で応答があった。入り口の真正面には床から天井まで壁一面に整頓された本棚が目に入った。応接用の机の上には、黒いスーツケースが開かれたままだった。

「おじゃまします。初めまして。高崎医大の山口アキラです」

軽くお辞儀をして教授と初めて視線を合わせた。大河内教授は背が低く、色白で小太りだった。紺色のスーツに白いワイシャツを着ていたが、ネクタイはしていなかった。彼は銀縁の眼鏡をかけていた。髪は白髪だが髪の毛は十分あった。眼鏡の下の眼差しは、電話で感じたのと同じく慈愛に満ちていた。彼は茶色のソファーに座るように促した。急いでスーツケースを机の下に移動し、対側のソファーに浅く腰掛けた。

「緑茶でよろしいですか？」の質問に僕が答える前に、彼はお茶の準備を始めた。茶葉を急須に入れる仕草は手慣れていた。両袖机はマホガニー色で年代物に見えた。机の上にはコンピューターと辞書以外は置かれていない。僕の席からは西側の窓から大学キャンパスの手入れされた芝生の前を、学生たちが喋《しゃべ》りながら通り過ぎていくのが見えた。

「本がとても綺麗に整頓されていますね。心理学から神経生理学までの幅広い分野の雑誌もありますね」と僕はまず表面的なことを褒めた。

「嫁にも行かずフリーターの娘が秋に来て、整理してあげると言い出しました。クリスマス前に部屋から私を追い出して整頓してくれました。本に触ると、どこに何があるか分からなくなる。触るなと言ったんだが。おかげで本が移動して十数冊が行方不明になった。お小遣いを三万円も取られた」と彼は口元を緩めて、まんざらでもない笑みを浮かべた。

教授は当時六十歳少し過ぎだったから、多分娘は三十歳ぐらいだっただろう。

「専属秘書はお見えにならないのですか」

「研究科秘書は週三回来ます。しかし、国家公務員の給料では個人的に秘書を雇用できません。医学部の先生たちは高給取りで、年収三〇〇〇万円ぐらいは稼ぐのと違いますか？文学部教授の給料はホントに安いですよ」と不機嫌そうな顔で僕を見た。

「国立大学の給与は、医学部教授でも年俸一三〇〇万円ぐらいです。ですから文学部の先生と差がございません」と僕の否定に彼は白い歯を見せて苦笑いした。

「私は講師ですから、教授と比べて収入はさらに少ないです。職種が教育職だからです。医師手当が付きません。でも申請すれば週一日のアルバイトはできます。勤務時間外にも働けば倍の収入になりますが」と僕は医学部の内情を話した。彼は相槌《あいづち》を打った後に温くなったお茶を飲み干した。

「先生の著書『こどもの心おとなの心』に感動しました。子供にとって大人は絶対的な存在です。しかし、子供はいつまでも子供ではありません。年齢とともに発達し続ける彼らとの距離を計測する必要があるとのご高説には賛同します。

大人の心になるには、子供の心を正常に発達させるのが重要なのはよく理解できました。でも、子供が発達して大人の心に近づいてくるとは私は考えたことすらありませんでした。自分の子供の発達に気付いてあげれば、私はもっと良い父親になれた可能性がありますと僕は自分の経験を話しながら苦笑した。

「他にもお聞きしたいことはありますが、時間もございませんので本題に入ります。本日訪問の目的は、先生に大人の高次脳機能評価方法をご伝授願うことです。私が五年前に開始したコホート研究にご協力をお願いしたいのです。具体的には、中高年の一般住民における運動機能と高次脳機能を比較することです。

先生の開発された高次脳機能検査を使用する許可をください。そうすれば一般住民の高次脳機能の低下の危険因子が同定できます」

「私は子供の精神および運動発達について主に研究してまいりました。しかし大人の研究実績もあります。心理学科の大学院生と都立リハビリセンター病院の労働災害や脳血管障害の患者を対象にして、この二十年間高次脳機能評価を研究してきました。

しかし、先生たちがやっている一般住民を対象とする研究は、文学部の一教員の裁量では不可能です。私たちの研究は、病院外の一般住民を対象にはしていないのです。リハビリセンター病院の先生たちの承諾を得た患者を対象に高次脳機能の共同研究をしているのです」と彼は現状と経過を詳《つまび》らかに説明した。

「大河内教授。大変な失礼を承知で申し上げます。研究の方法論が間違っています。さらに症例数が少なすぎます。科学的に検証するなら、一〇〇例ではなく一〇〇〇例が必要です。症例数が少ないとタイプ・ツーのエラーになります。どれだけの症例が統計に必要な症例数かも計算してください」と僕は読んだばかりの論文の内容をそのまま言い、本棚の方に視線を向けた。

「先生の研究は、学生と患者との群間比較です。日本一優秀な学生が集まる東都大学生と比較すれば、高齢者の注意機能が劣っているに決まっています。しかも、選択バイアスが大問題です。学生はコントロールにはなりません。医学系ジャーナルなら絶対にリジェクトです」と僕は勢い余って無礼な発言をしてしまった。

「インパクト・ファクターがある英語論文は、少なくとも三十数編は掲載されました。さらに二編が査読中です。この分野では日本ではトップの論文数です」と彼は少しも声を荒らげないで言った。

「突如来た人間に研究方法を否定されるのは、私は心外ですね。文系の人間は、医学部のように自由に患者や一般人を対象とした研究を行うことは不可能なのです」と彼は反論すると思った。僕なら「無礼な奴は部屋から出て行け」と大声で叫んでいただろう。

しかし、彼の顔には怒りの表情は微塵も観察できなかった。それどころかほほ笑んでいるように見えた。

「一般住民を対象とする研究など私たちには到底できませんよ」

——教授は誠実な人だ。天下の東都大学教授に向かって田舎大学の講師が批判するとは失礼すぎる。厳しい倫理的審査さえ通すことができれば、どんな介入研究も可能な医学とは別世界に生きてきた。研究したくても目の前には固くて厚い壁がある。しかし、常に固い厚い壁を迂回《うかい》する研究を続けていては、いつまで経っても真実には辿《たど》り着かない。と僕は心の中で呟いた。

「歩行や身体活動で運動機能を維持できれば、高次脳機能の低下を防げるかを、私は知りたいのです。先生の評価法を伝授いただきたいのです」と僕は正直に話し、

「是非一般住民に対する認知機能評価の研究を加えさせてください。初めてのことなので、ご指導よろしくお願いします」と僕はお願いした。

乱暴な僕の提案にもかかわらず、大河内教授は高次脳機能の共同研究を快諾してくれた。

＊　＊　＊

二十五年前、僕は温泉で有名な群馬県K町の「町民検診」の運動器部門の検診責任者になった。「町民検診」は高崎医科大学疫学講座の佐久間重信教授が町役場とタフな交渉をして、全住民を対象に健康調査を始めたコホートだった。調査の目的は『癌《がん》と生活習慣』となった。研究が始まった四十年前の人口は一万六〇〇〇人もあった。

佐久間教授はアメリカ公衆衛生局（ＮＩＨ）で三年間の留学を終えて「カロテノイドと癌」の研究でディプロマを授与された。高崎医科大学疫学教授として最初の講義を受けた学年が僕たちだった。

「喫煙すると肺癌になる確率は非喫煙者の一・七倍も高くなる」が彼の最初の発言だった。

「大規模調査の結果は残念です。たった七十パーセントしか増加しないなら禁煙の動機には繋《つな》がりません。肺癌は、喫煙するともっと増加した方が良いと思います。そうすれば喫煙する人間はいなくなります」と疫学の知識のない僕は危うく発言しそうだった。しかし、佐久間教授が僕に投げた次の難問は、疫学の世界に僕が嵌《はま》る誘因になった。

「山口アキラ君、いますか？　君に質問です。癌と変形性膝関節症はどちらが難病ですか？」

「癌です。なぜなら癌は死亡原因の第一位です。しかも治療は困難です。それに比べて変形性膝関節症は死に至る病ではありません」と僕は立ち上がって即答した。

当時は僕の答えに異論がある同級生はいなかった。しかし皮肉にも、僕はこの正解を卒業後十年も経ってから探究することになった。


僕が大学院を卒業した年、先輩の後任として北欧デンマークのコペンハーゲン大学に留学する機会《チャンス》を得た。僕が出発したのは三月二十日で、上野公園の桜が見事に満開の温かい日だった。

出発は成田空港十時四十分発のスカンジナビア航空だった。当時はシベリア経由でコペンハーゲンに直行する空路はなかった。アンカレッジ経由で十九時間もかかった。

若手医師のベングト・リンドホルム先生が、カストラップ空港まで赤色のサーブで家族を迎えに来てくれた。その時は名字のリンドホルムさえ覚えていなかった。到着した日の午後三時は真冬の寒さだった。日本と二十度以上も温度差があった。

「ドクター・ヤマグチの部屋は、クウェートに二年間派遣中のニールス・ヨハンセン医師の住居を借用しました。二階建てのレンガ造りの建物の一階です。家具付きのベッドルームが三部屋、居間とダイニングとキッチンがあります。キッチンはオール電化で、大人一人が入れる程の高さ二メートルもある巨大な冷蔵庫があります。さらに十畳ほどのリビングと地下室もありますよ」と解説しながら、ベングトはスーツケースを運んでくれた。

「建物全体がセントラルヒーティングされています。室温は一年を通して常時二十度に設定されています。一か月の家賃は六〇〇〇クローネです」と彼は言った。デンマーククローネは当時一クローネ十六円だったから約十万円と高額だった。

「十年経ってもこんな立派な家には住めないね」と僕はかおりと顔を見合わせて笑った。

「芝生の庭も付いている。外は寒くても部屋は暖かくて快適だ。しかし庭にある寒暖計はマイナス七度だ」と僕は叫んだ。

娘たちは、広い居間とベッドルームの隙間で甲高《かんだか》い声を上げて燥《はしゃ》ぎ回った。庭には芝が植えてあったが枯れていた。五月中旬になって芝が勢いよく生えて来た。隣室のヨルダン人の青年ハッサンが、芝刈り機の使い方を親切に伝授してくれた。六月になると結構汗だくになる芝刈りが僕の日課に加わった。

十七世紀創立の白亜の建造物の大学本部と病院は旧市街地にあった。目立った看板はないので、通行人なら病院だとは全く認識できない。僕はベングトの案内で、大学本部の一角にあるリウマチ科外来棟に何とか辿り着いた。

リウマチ外来で衝撃的だったのは、患者はコペンハーゲン市の全域から紹介されて来ていたが、午前中の診察は僅か八名しかいなかったことだ。それなのに、

「患者が多すぎるぞ」とリウマチ医は僕にぼやいた。

「四十二歳の女性。十八歳で関節リウマチが疑われた。両足と両手指の腫脹とこわばりが主訴で、米国リウマチ学会のリウマチ診断基準を満たした。治療はメトトレキサートを処方する」とデンマーク語をベングトが翻訳してくれた。この薬は、もともと抗癌剤で、日本ではリウマチの薬としては未承認だった。

さらに驚いたのは、リウマチ医と整形外科医が同席して診療していたことだ。

「手術の利点と欠点、手術の合併症も了解できました。しかし膝関節の滑膜切除《かつまくせつじょ》の必要性はあるのですか?」とリウマチ医と整形外科医の二人に向かって若い女性の患者が質問した。患者は手術を最終的に自分で治療法を決定した。診察時間はゆうに三十分を超えた。

「患者さんは一度に内科と整形外科の意見が聞ける大きなメリットがある。しかし、検査データが揃っていても時間がかかるからスタッフは大変ですね」と僕は質問した。

「現在のデンマークのリウマチ診療システム作りに十二年もかかりました。リウマチ患者さんはデンマーク中のすべての患者が登録されています。一九八〇年からはデンマーク中の人工関節置換は全症例が登録されています。まだ成績を全国統計するには時間はかかり

ます」とベングトは僕の質問に答えた。

僕が留学中に人工関節手術を研修したのはビドーア病院で、結核療養所をリノベーションした病院だった。

「高崎医大では人工関節手術は何例なの？」とのベングトの質問に僕はわざと答えなかった。

「膝と股関節の人工関節手術は医師五人で年間八〇〇件行う」と聞いてしまったからだ。


東西約三キロのストロイエという活気に満ちた通りの両側に、コペンハーゲンの繁華街は広がっている。コペンハーゲンの人口は高崎市より少し多い程度で、繁華街は狭く、五キロも移動すれば低い建物だけになる。この通りの西側に五〇〇メートルほど入った二階建ての一階の部屋が、ベングトがトランクを運んでくれた部屋だった。住居からは、ニューハウンの港までの石畳の道を通って二キロもあることが少し経過してから分かった。ニューハウンまでの一時間弱の散歩道は、すぐに僕たち家族のお気に入りになった。

五月の初旬のある日に事故が起こった。家族でこの道を散歩中、ベビーカーの車輪が石畳の溝に嵌った。力ずくでベビーカーを僕は押した。その弾みで次女エリが落下した。口唇を切って、前歯が一本欠けてしまった。

「そんなに無理に押すと転落するわよ」とかおりが二度目の警告をした直後だった。僕の軽薄な行動に怒って二日間も彼女は口を利かなかった。

港を巡る観光船発着所を過ぎて、約五十メートル先の左岸の黄色のパラソルがあるレストランが特にお気に入りの場所だった。屋外の一番右の席に僕たちは決まって腰掛けた。僕は厚めのレモンを搾ってフレッシュなサーモンにタップリかけた。それを一口頬張った後で、カールスバーのビールを飲むのが至福だった。

「オレンジ・ジュース」とみんなが大声を出して注文した。かおりも長女ユリと次女エリも、バレンシア産のオレンジを搾ったツブツブがタップリ入ったジュースがお気に入りだった。眩《まぶ》しすぎる夏の夕陽の中で娘たちは戯れていた。

とても長い夏の午後に、いつまでも容赦なく地面と水平に太陽光線は射して来た。夕方には水平に入射するのだ。太陽光線は僕たち東洋人の褐色の瞳にも眩しすぎる。両手で光線を遮っても、白い光線が一旦網膜を通過してしまうと、目を閉じても順応するまでは何も見えなくなる。

やがて空が茜色《あかねいろ》に染まり始める。地平線に太陽が沈みきるまでの時間が数時間と恐ろしく長い。僕は夕暮れの空を最後まで観察する試みを何度もした。空の色彩の変化を観察することに挑戦した。しかし、一度たりとも完了できなかった。僕はセッカチでじっと待つ忍耐力がなかった。だから残念にも、夕焼け空が恐ろしいほどユックリと変化していく大空の様子を語ることができない。

ニューハウンにはカラフルな歴史的建物がたくさんある。週末は観光客でごった返している。さまざまな人種、老若男女、大きな声で絶叫しながら近くを行き交う観光客の群衆。一日中見ていても飽きることはない。

僕は一家で遊覧船に乗った時の酷い経験を鮮烈に覚えている。雨が降らないはずの五月の末に、家族全員が突然大雨の洗礼を受けた。わずか十分足らずの時間だった。

「ゴッド・ブレス・ユウ。雨は神様の思し召しです。乗船された皆様方に大いなる幸福あれ」という遊覧船案内人の、五か国語でユーモアのある説明には拍手喝采だった。他の乗客は嬉々としていた。しかし、僕の一家の場合は酷かった。

「トイレの小さな乾燥機で衣服を乾かすのに一時間はかかった」とかおりは憤った。悪いことに長女ユリは翌日から二日間、三十八度に発熱した。

コペンハーゲン大学の整形外科教室の主任教授は、脊椎外科のヨハン・オットーだった。彼から共同研究者として紹介されたのが、僕の大親友となったベングト・リンドホルム医師だった。

ベングトはスウェーデンのイエテボリで生まれた。スウェーデン語で末尾のGの発音は

「イ」に近く「イエテボィ」としか聞こえない。ベングトは僕の三つ年上だった。身長は一八三センチで体重が一〇〇キロはあった。その年末に彼は、学位論文として五つ目の論文を投稿した。彼の論文のタイトルは「正確な脛骨の骨切りは人工膝関節の長期成績を向上させる」だった。僕は研究者として骨切りの正確さの実験に参加できた。

「北欧諸国は博士号取得には、最低五編の英語論文が必須だ」と僕は初めて知った。

「父の仕事の関係で、八歳の時にイエテボリからコペンハーゲンに移住した。だけど言葉も含めて不都合は何もなかったよ。だって、コペンハーゲンにそれまでに一〇〇回はフェリーで来たからね」と、彼は不安や葛藤を一言も話さなかった。

「妻のカミラは有能な作業療法士だ。彼女は三人姉妹の長女で、スウェーデンのイエテボリ郊外に父親が残した巨大なサマーハウスを相続した。サマーハウは煙突まで黒塗りの木造二階建てで、外壁を十年前にリノベーションした。以前と比べて夏は涼しく冬は暖かく快適になった。今度アキラを招待するよ」とベングトが言った。

「でも固定資産税がとんでもなく高額なの。だから、税金を払うにはもう少し収入が要るの。せめて二万クローネは。私は作業療法士として週三回しか働いていない。もう少し働けばいいのだけども、ボランティアの仕事でアフリカ難民の子供たちの里親をしているから手いっぱいなの」とカミラは言った。

僕たち家族は快晴の六月中旬に別荘に招待された。夏至に近い六月は、日照時間が二十時間ととても長い。

「建物には六つのベッドルームとキッチンと広いダイニングルームがあるの。ダイニングルームには背丈より高い暖炉があって、リビングには、西側には三メートル四方の巨大な三重窓と、南側にも二メートル四方の窓があるわ」とカミラはうれしそうに説明した。

急な階段を上った二階の部屋が、僕たち家族四人のベッドルームだった。部屋の小さな窓からは船着き場のボートと小さな島が見えた。

「夕食はバルト海の蟹と美味しいキッシュを味わってね。蟹は塩茹《しおゆ》でだけで他は何も加えてないの。夏至は蟹の時期ではないけど。大人はシャンパン、子供はジュースで乾杯しましょうね」とカミラは言った。

「本当に美味しいね。日本にも『渡り蟹』という蟹がいます。でもまるで風味が違う。茹でて甲羅が赤くなった蟹は、肉がプリプリで食感が絶妙だ。磯の匂いも旨味《うまみ》もある。日本で蟹を食べる時は静粛になるが、イエテボリも日本も同じだね」という僕の冗談に皆が大きな笑い声をあげた。

「私が本を見てキッシュを作ったのは数回です。このキッシュにはいろんな野菜やキノコ、ハムや肉が入っているのが判《わか》ります。生地も適度に柔らかくてとっても美味しいです。秘訣《ひけつ》があるんでしょう？　どうかレシピを教えてくださいね。日本へ帰ったら試してみます」と、かおりは短く英語で言った。

「キッシュは私の十八番《おはこ》です。母に八歳の時からいろいろと直接伝授されたの。二人の妹たちも同じぐらい上手なのよ。あとでレシピはお渡しします」と彼女は満面の笑みを浮かべた。

「別荘は今は夏至だから最高だよ。でも、冬のとても長い漆黒の闇夜は、海と空の境界が曖昧模糊《もこ》となる。晴れていれば、凍えそうに北極星とオリオン座が空に輝いているのが見える。星座の動きさえ克明に観察できる。

わがデンマークの偉大な天文学者ティコ・ブラーへは、ヘルシンボリに近いベン島で十年以上も惑星の不思議な動きの観察をして、地動説を説明しようとしたんだ。観察には途《と》轍《てつ》もない年月と強靱な忍耐力が必要だがね。真冬には嵐が来れば何も見えなくなるよ。ただ漆黒の暗い闇だけになる」とベングトは冬の厳しさを語った。

「別荘の背後にある小高い丘をご覧なさい。ほら、丘の上に石塔が幾つも見えるでしょう。千数百年も前にバイキング達が石を積み上げた遺跡なの」とカミラは窓の外にあるいくつもの大きい石塔を指さした。石塔は長い歳月の風雨に晒《さら》されても崩壊せずに残っていた。

「凍《い》てつく真冬は、暖かな暖炉の前でバルト海の黄昏《たそがれ》を眺めるのが至福の時なの。冬の短すぎる昼間には、大窓から弱々しく陽光が部屋の一番奥深くまで射し込んで来るの。その光も三、四時間と短いので太陽がとても愛《いと》おしく感じる。でも、夏至の今とは違って、島嶼《とうしょ》の西海に沈み行く冬の太陽にこそ優しさを感じるの。この年になって、お父様がなぜ長く別荘に滞在できたかが判るような気がするの」と彼女は六月の沈まない太陽を窓の外に見つめながら、冬の厳しさを語った。

「夕食を済ませたら一緒に外を散歩しましょうね。アキラやかおりがご希望なら泳ぐのも最高よ。その前にもう一度ブルゴーニュの赤ワインで乾杯しましょう」とカミラは誘った。

「水着がないから、僕は娘たちを見ているよ」と僕は泳ぎを拒んだ。午後八時過ぎだが、太陽は高い位置にいて、あと数時間は沈みそうもないように見えた。

別荘は広大だった。僕は娘二人を連れて、眩《まばゆ》い太陽に向かって歩き始めた。別荘の海岸線は幅二キロ、海岸から内陸へ一キロもある。道の両側には海岸まで、藤のような紫色やピンクの花が船着き場の前に咲き乱れていた。

「この綺麗な花の名は何なの?」と僕は質問した。

「英語名は知らないわ。毎年夏至の頃が最高に綺麗に咲くの」とカミラは答えた。

「この花の名はルピナスです」とかおりが即答した。日本でもよく見かけるらしい。周りをよく見ると、ルピナスは別荘の近くまで群れをなして咲いていた。

ひときわ目立つ巨岩の直径が約二、三メートル、それより少し小さな丸い石で海岸線はギッシリ埋め尽くされている。整備された約二メートル幅の曲がりくねった歩道が船着き場まで繋がっていた。娘たちの足でも素直に路を辿れば船着き場までは安全に着ける。しかし、歩道をそれるとゴツゴツした大きな岩が多く子供には危険だった。二階の部屋から見えた船着き場や、二メートルの高さの飛び込み台の前に着いた。

「水温は二十度もある。暖かいよ」とベングトは勢いよく海に飛び込んだ。彼は水着を着けていなかった。

「五〇〇メートル先の小島をボートで回って来ましょうよ。かおりも一緒に乗ろう」とカミラは、かおりを乗せてボートを漕《こ》ぎ始めた。穏やかな潮流だが往復で一時間はゆうにかかる。僕は平らな船着き場に近い岩の上に娘のユリとエリと腰掛けた。島に向かうかおりとカミラに娘も僕も両手を振った。二人の娘たちは歓声を上げた。この時島嶼とか群島の単語が「アーキペルゴ」だと思い出せなかったのを僕は酷く悔しがった。

「この島々こそアーキペルゴだ」と僕は思わず叫んだ。

「アキラ、現実的で恐縮なんだけど、別荘には年間八万クローネも固定資産税がかかるの。

景気が良い頃はドイツ人ブローカーが別荘を買い漁《あさ》っていたの。売れば莫大な資産になるのは確かよ。だけど父の形見がなくなるの。だから辛《つら》くても税金を妹たちにも分担してもらうの」とカミラは不機嫌そうな顔で言った。

遥か海の彼方にも多数のアーキペルゴが見える。凪《な》いでいる海はまるで鏡のように平らだ。

「最高の日にご招待ありがとうございました」

僕とかおりはベングトとカミラに向かって頭を下げて礼を言った。娘たちも一緒におじぎをしてくれた。

「夏は当たり外れがないわ。間違いなく快適だわ。でも冬は微妙ね。長くて辛いの。十二月から二月までは最高気温が氷点下なのよ。でも雪は滅多に積もらないの。だけど寒波が来ると最低気温がマイナス四十度にもなるわ。でも暖炉の前なら快適よ。周りは生命の営みのない荒涼たる灰色の世界。そして長い夜は暗闇なの。何も見えない漆黒の闇になるの」

「カミラの父アンダースは世界的に高名な歴史学者でした。この別荘に籠《こも》り『古代中国史』の本を十七年前に完成させた。黄河文明と長江文明の研究で世界的に有名になった。この中国史は十巻もの大著だ」とベングトは教えてくれた。

「想像できないわ。マイナス四十度なんて。冬の間、部屋に閉じ籠って、来る日も来る日も十年間もカミラのお父様が執筆していらしたなんて。しかも二、三週間は別荘を訪問する人もいないのは当たり前。その間は誰ともお話しもしないで。私はとても耐えられないわ。お父様はなんて強靱な精神力の持ち主なのでしょう」とかおりは感動して僕に日本語で言った。

僕はかおりの言葉を英訳した。カミラとベングトはかおりの顔を見てほほ笑んだ。

十月五日に別荘を再訪した。六月とは全く違った趣《おもむき》だった。別荘は冬の準備をとっくに済ませていた。早朝に外は氷点下になった。別荘の裏側の水溜まりには薄氷が張っていた。太陽の温もりが完全に失《う》せていた。厚いダウンコートを羽織っての早朝の散歩さえ肌寒い。冷気が体の芯までしみる。

秋の往路は、コペンハーゲン発の国際列車でヘルシンノアに到着した。ここで連絡船に列車が積み込まれ、対岸のヘルシンボリを経由して、イエテボリに向かう旅だ。十月は強風が吹きヨットでは寒いだけでなく波も高い。海が荒れて厳しい旅行が予測されるからだ。

カミラは「発達障害児の診断と治療」の特別講演予定があり、ベングトと僕たち家族四人の旅だった。オスロ終点の特急列車はイエテボリまでの約五〇〇キロの距離を、四時間半もかけてのろのろ進んだ。

その夜は強風がことに騒がしかった。別荘の周りを取り囲んでいる十メートルを超えるヨーロッパ・モミの針葉樹林の大枝が強風に激しく擦《こす》られて悲愴《ひそう》な叫び声をあげ続けた。森を抜ける強風は強弱をつけて一晩中叫び続けた。三重に密封された室にも強風の叫び声が響いた。低い音はガゥオー、ガゥオー、ガゥオー、グゥアー、グゥアー、グゥアーと猛獣の唸《うな》り声に似ていた。森林の隙間を抜ける強風はヒューゥーヒューゥー、ヒューゥーと口笛に似ていた。強風の音はうねりを生じて、数分ごとに繰り返した。強風の大合唱は僕たちの会話をしばしば遮断した。

「毎年季節の変わり目には強風が吹き荒れて森が鳴く。『もうじき寒厳の冬が来る』と今日は告げているぞ」とベングトは言った。彼は強風を全く気にしていなかった。

「ベングト、博士号が終わったらどうするんだ。三月末に僕は日本に戻る。日本へ帰ってこれから何をすべきだろう。子供の教育はどうしよう」と僕もベングトも漠然とした強い不安の中にいた。二人がいた部屋はキャンドルの周辺だけを明るく照らしていた。

「僕たちはこれから二十年後に向けていかにすべきか?」

僕の問いの後、長い沈黙が続いた。その間も針葉樹の呻《うめ》きは強弱をつけて絶え間ない。断続的に鳴り響き続けた。

「娘が望むなら医者にする」と僕は言ってしまった。

「息子のカイとハンスは医者には絶対にしないよ。絶対だよ。アキラ、なぜか判るかい?

医者にすれば家族と過ごす時間が短くなる」とベングトは言い終えて、グラス半分の白ワインを一気に飲んだ。キャンドルに照らされたベングトの顔は酷く紅潮していた。

「医師は拘束時間が長すぎる。大学では週四日の八時間勤務と救急担当で週四十時間も働く。八週間の夏休みはあるけど、この大学でのこの五年間は博士論文を完成させることだけに集中した。カミラや子供たちにも大きな犠牲を強いた。彼らは何も文句は言わなかった。特に、この一年間は酷《ひど》いもんだ。家族と過ごす時間も全くなくなった。でも、五番目の論文が間もなく完成する。アキラの研究協力にも感謝しているよ。そうすれば来年に博士号は授与される。

　随分先の話だけどアキラ、来年六月の学位授与式のパーティーには、日本へ帰っていても絶対来てくれるよね」と彼は僕の目を見つめて言った。僕は頷《うなず》いて言った。

「デンマークより日本はずっと遅れているよ。まだ週休二日じゃない。土曜日だって半日勤務だ。高崎では週六日、最低でも週六十時間も働いている。娘二人の世話は、かおりに任せきりだ。女性だけに子育てを任せていいなんて思っていない。妻は専業主婦になってくれたが、仕事をしないことに納得しているかは確認もしていない」

「自分の家族すら幸せにできない医者なんか、患者を幸せにできるはずがない。アキラ、そう思わないか。博士号が済んだら、私は家族や友人と一緒に過ごす十分な時間を持つぞ。

家族ともっと強い絆を保ち続ける。そして地域とも強い絆を保って豊かに生きるんだ」と彼は熱く語った。

「アキラ、家族との強い絆は、日本人なら言わないでも判るだろう。日本は三世代も大家族で住んでいる人が多いと本で読んだ。デンマークでは、子供が高校に入学すると親元を離れてしまう。誕生日とか夏至祭とかクリスマスだけが家族全員集合して、その時だけは熱狂する。でも、それが終われば元の孤独へとまた逆戻りになる。誰もが孤独の寂しさに耐えているんだ。日本じゃ大勢の家族に囲まれて、さぞ幸福だろうね」

「ベングト、違うよ。必ずしも幸福なんかじゃない、今は。少し前までは、日本人は一つ屋根の下の小さくて狭い部屋に、三世代が息を潜めて暮らしていた。でも、人間としての繋がりはとても稀薄なんだ。人と人の距離の近さに反比例して絆は疎遠なんだ。愛する伴侶、慈しむべき子供、優しい両親もお互いに強い愛着を持って暮らしてなんかいない。同じ空間に住むことが美徳だと単純に錯覚していただけだよ」

早い日没から続いていた強風は、深夜になるとさらに強くなった。強風のガゥオー、ガゥオー、ガゥオー、グゥアー、グゥアー、グゥアーの低音とヒュー、ヒュー、ヒューヒューの高音は、僕たちが眠りに就くまで聞こえた。漆黒の空の南の小窓には寒そうな新月が強風に震えているのが見えた。

第三章

房総医療大学に赴任して、慌ただしく三か月が過ぎた。夏至の太陽が狭いグランドを容赦なく照りつけていた。地表は乾燥し、熱風が砂埃《すなぼこり》を舞い上げながらコンクリートの歩道を舐《な》めて行く。

夏至から一週間も快晴が続いた異常気象だった。例年なら梅雨の真っ最中だ。今年は既に梅雨明けのように青空が広がっていた。気温も連日午前中から三十度を超えた。太陽は意地悪く日陰を最小にしていた。大学の陸上トラックの縁に植えた数十本のプラタナスの幹に、油蝉《あぶらぜみ》がへばりついてジージーと喧《やかま》しく鳴き始めた。

僕は診療所の院長に面会するために木陰を縫うように大学二号館から診療所に向かって歩き始めた。僅か三〇〇メートルの距離だが、猛暑で背中に幾筋もの汗が不快に滴り落ちた。

南門をまっすぐ進んで、左側に曲がった所に診療所は建っていた。診療所とグラウンドには高低差が五メートルもあり緩い登り坂になっていたので、診療所は三階建てに見えた。登り坂は青紫色の朝顔の蔓《つる》でびっしりと被われたドーム状のアーケードになっていた。日差しを遮る緑のトンネルはとても涼しく感じられた。約四十年前に分譲された古びた周囲の家屋と比べて診療所は格段に新しく斬新な建物だった。診療所の壁は白で統一され、屋根は黒のシンプルなデザインだった。「付属リハビリテーション診療所」の看板はわざと目立たない小さな文字で書いてあるように思えた。文字も灰色だから一瞥《いちべつ》では診療所だと気付かない。

「凄い大金持ちの住んでいる高級住宅だ」と学生たちも噂《うわさ》していた。診療所の駐車場にある三メートル四方の花壇には芝生が植えられていた。しかし手入れが悪すぎて、クローバーが芝生の半分に蔓延《はびこ》っていた。駐車場には白い軽自動車一台が停まっていた。

入り口で事務員が僕を待ち構えていた。一人娘の大学入学を契機に診療所に就職した人だ。

「山口アキラ先生ですね。初めまして。医療事務担当の鈴木圭子と申します。私は四月の辞令交付式に出席しました。交付式では先生とお会いしたかもしれません。ご挨拶がまだでした。歳はとっていますが、新人ですのでお許し願います。今日からよろしくお願いします」と彼女は満面に笑みを浮かべた。

「いいえ。初対面ですよ。理学療法学部教授の山口アキラです。辞令交付式の時間はニュージーランドで特別講演をしていました。日本と現地の時差は三時間ですから、交付式の時間には私は講演中でしたよ」

「午前の診察は終了しました。仲尾先生がお待ちかねです。医局にご案内します。こちらへどうぞ」

看護師の野沢千恵子と井上なおみが、事務室の中から僕に軽く会釈するのが見えた。理学療法士と作業療法士は二階のリハビリ室にいたので、挨拶は改めてすることにした。

僕と仲尾琢磨《たくま》は、この日初めて対面した。彼は十月一日から房総医療大学附属リハビリテーション診療所院長に内定していた。院長選考の理由は、高江洲盛輔《たかえすもりすけ》前院長が「セクハラ事件」で自宅謹慎日が七月一日と決定したからだ。よって仲尾院長就任は七月一日になるはずだった。しかし、仲尾は執拗《しつよう》に十月一日の赴任を主張した。そのため院長不在となる三か月間だけ院長職が僕に回って来た。

開院からの診療所常勤医師は高江洲院長、非常勤内科医村田真琴《まこと》、非常勤整形外科医の仲尾琢磨だった。開院時に仲尾は、習志野市にある私立病院の整形外科常勤医だった。

「はじめまして、七月から火曜日に外来を担当します山口アキラです。本日から院長も拝命しています。十月に仲尾先生が院長に就任されるまでの中継ぎです。恙《つつが》なく努めたいと存じます。どうぞよろしくお願いします」と年下の彼に向かって丁寧語で話した。

「この部屋は冷房が効き過ぎですね？　でもとても快適です。これで設定は二十五度ですか。でも、もっと低く感じます。外が暑すぎだからですね」と言った僕の汗だらけの体の体温が急速に降下した。

二人掛けの赤いソファーへの着席を彼は促した。僕は、彼と視線を合わせようとした。しかし、彼の視線は僕から逃げ回った。

「仲尾琢磨です。北陸医科大学を卒業しました。医局は神奈川医大整形外科に所属しています。先生が高崎医大から赴任されたのは、鷲津隆司《たかし》学部長からお伺いました。よろしくご指導お願いします。現在医局から派遣されて、八件目の関連病院に赴任中です。十月一日からは神奈川医大の医局を辞めて、この診療所で六十五歳の定年まで全力で働く契約です。妻は同級生で内科医専門医として勤務医をしています。子供は二人で、娘と息子がいます」と言うと立ち上がって仲尾は握手を求めた。

「先生は若いなあ」と僕は素直な感想を発した。間もなく五十歳になる仲尾は、若いと言うよりは幼く見えた。背は僕より低いが、白衣の下に腹が少しだけ張り出していた。彼は近視で度の強い銀縁の眼鏡をかけていた。白いマスクをしているので鼻から下の顔は観察できない。銀縁フレーム越しの眼差しは穏やかそうに見えた。

「山口先生は膝関節で全国的に御高名な先生ですから、脊椎専医の私でさえ存じ上げております。でも今後は出張病院でどんな手術でもします。脊椎疾患は何でもいいです。人工関節も手術希望のある患者さんがいたら紹介してください」

——先輩になんと無礼な奴だ。僕が膝関節外科の権威と知ってだから質《たち》も悪い。膝の手術は千葉医科大学の片桐大介講師にお願いしてある。臨床能力が不詳の医者に手術は任せられない。と彼に向かって僕は心で叫んだ。

——僕なら、彼を診療所の院長に絶対に推薦しない。理由は単純明快だ。第一印象が悪すぎる。まず服装が酷すぎる。白衣はクリーニング直後でも皺だらけだ。多分、無理やりカバンに白衣を詰め込んだのだろう。しかも皺があるのを何ら気にもしていない。髪の毛もボサボサで、左の側頭部には今でも寝癖もある。これでは有能な医師には全然見えない。第一印象が最悪だ。

挨拶を終えて、また暑いキャンパスに戻って四号棟の講義室に僕は急いだ。外には太陽がギラギラと輝き、蝉も喧しく鳴き続けていた。今から地域住民の健康講座の第一回「膝の痛みが取れる話」を講演予定だった。

驚いたことに参加者は一三〇人もいた。人数が多いのは教員たちや学部の秘書が住民を動員して、町内中に何度となく案内してくれた成果だと知ったのは随分経ってからだ。

そもそも診療所に仲尾の非常勤医師のバイトを世話したのは、内科医の村田真琴だ。

「私は東都大学工学部を卒業し、システムエンジニアになりました。年俸は二五〇〇万円と文句はありませんでした。でも高給であっても仕事は大変で不規則な生活でした。こんな生活をしていては健康を害して死んでしまうと恐怖が募りました。それで食いはぐれのない医者になろうと決意したんです。

二年後に故郷の甲府医大に入学しました。卒後は神奈川医大の総合内科で博士号を取りました。三年で医局を辞め、医師派遣会社『まこと』を設立しました。診療所への医師派遣業を始めたのがその時です。妻は社長で、自分はヒラの社員です」と彼は診療所でコピーをしていた姿勢のまま振り向かないで、聞いてもいない経歴まで話した。

「仲尾先生が院長になれたのは、診療所に私が紹介した三名の非常勤医師から、評判の悪い順に消去して残ったからですよ。仲尾先生だけは診療上のトラブルが全くありませんでした。さらに物静かで、自分の意見を主張することは皆無でした」と村田は言った。

「仲尾琢磨先生は無口ですが、親切かつ誠実なお医者様です。患者様からは診察が丁寧で優しいと最高の評判です。院長としては適格ですね。神奈川医大の整形医局に赴任要請をお願いします」と野沢看護師長は、診療所で頸椎捻挫で牽引治療をしていた山邉尚美理事長に直接訴えた。

「人物評価ができる鷲津隆司部長と野沢千恵子師長の推薦なら信頼できますね。診療所の院長が不在となるのは、絶対に回避しなければなりません。神奈川医大医局長の秋田實《みのる》先生と三月十六日に面会のアポイントを取っています。医局に行って仲尾先生の採用をお願いします。速やかに行動をしないと仲尾先生は優秀な先生だから、他の病院に盗られてしまいます。大河内学長が、山口先生に仲尾先生の身辺調査をお願いしたそうですね。でもそれでは遅すぎです。高江洲院長の謹慎は確定しました。私が学長に代わって院長人事を指揮します」と理事長は強く言った。

「秋田医局長様、七月一日に仲尾琢磨先生の当診療所への赴任をお願いします。駄目なら十月一日でお願いします。手ぶらでは、理事長の私は大学に戻れません。医局には些少《さしょう》なりとも寄附させていただきます」

「山邉理事長、結論から申し上げます。大切な医局員を当大学関連施設ではない診療所への派遣はできません。関連病院でさえ、派遣要請から申し込みがあってから最低でも三年間はお待ちいただいています。お話は以上です」と医局長はそう言って医局長室から出て行ってしまった。

「診療所への赴任を完全拒否されました。でも、ご安心ください。先生を獲得するように全力を尽くします。幸い医局長と次のアポイントは取れました。今度は大河内学長と一緒に行って粘り強く交渉し、必ず先生を院長にしてみせます」と山邉理事長は仲尾を理事長室に呼び付け安心させた。

「整形外科医局への奨学金として三〇〇万円を寄付させていただきます。院長兼管理医師の雇用条件は、週四日間八時間勤務で年俸二〇〇〇万円。雇用期限なし、六十五歳定年までの終身雇用です」と彼女は奨学寄付金を増額した。仲尾の雇用条件は他の教員と比較しても破格だった。しかも、診療所収入の目標額さえ設定されていない杜撰《ずさん》な内容だった。

「私は診療室の椅子に週に四日じっと座っていれば良い。診療報酬なんて考えなくてもよい。一週間に一日は他病院でも兼業ができる。診療ノルマも目標も設定がない。怒鳴る上司もいない」と彼は気楽に考えていたと、ある日仲尾から僕は聞いた。

「先生は、まだお若いです。私の大学の附属診療所で一生働くことに不安はございませんか？　大好きな手術ができなくなってもいいですか」と理事長は仲尾を睨《にら》んで、たった一度だけ鋭い質問をした。

「飽きるほど手術をしましたから、もう手術に未練はございません。診療所でリハビリ診療に全力で専念する所存です」と彼は理事長と視線を合わせずに答えた。しかし、初対面の僕に「手術患者を紹介してくれ」と頼んだのはどうしても整合性がない。

理事長が仲尾にした質問の回答を聞いていたら、僕は間違いなく仲尾を詰問しただろう。

「自分の過小評価には強く反駁《はんばく》する。しかし、自分の過大評価には寛容だ」と僕は強く感じた。仲尾との面会時は、彼が普通の医師並みに働いてくれるだろうと思った。僕は平穏な大学教員としての生活を楽しめると気楽に考えていた。

第四章

医学と工学を共同研究することを目的として日本で初めての医用工学研究センターが、神奈川医大に設立されることになった。初代のセンター長に仲尾秀磨《しゅうま》（琢磨の兄）の指導教授だった東都大学の清水宗太郎教授が決定した。

医用工学研究センターは治療ロボットの開発部門だけでなく、遠隔医療、介護ロボット、遺伝子工学による創薬やワクチン開発のライフサイエンス部門も網羅した、包括的研究拠点になることが期待されていた。

「仲尾秀磨君、君は本当に優秀な人間です。東都大学を卒業したら、私が就任する予定の神奈川医大へ入学しなさい。これからも僕の研究を手伝ってくれたまえ。君に医学的知識が加われば研究の幅もレベルも格段に広がるよ」と清水教授は秀磨に強く勧誘した。

僕が仲尾秀磨と関節鏡訓練システムの共同研究を始めた時、彼は既に神奈川医大研修医だった。僕がコペンハーゲン大学留学から帰国して、大学の下肢関節班のチーフになった年だった。「腹腔鏡《ふくくうきょう》視下手術訓練システムの開発」は秀磨の工学部卒業論文だった。

「五歳年下の弟琢磨がいる。私と同じ神奈川医大整形外科に弟も入局しました。昨年一年間、アメリカ西海岸にあるスタンフォード大学バイオメカニクス研究所へ留学しました。でも英会話は全然ダメだったな」と秀磨は笑った。しかし、大学の診療所で琢磨と対面した時には、僕は琢磨が秀磨の弟だとは全く気付いていなかった。


「エキスパート向けの膝関節鏡の訓練システムの開発」を研究するために僕と秀磨は出会った。週一回の共同実験が始まることになった。

「仲尾さんは工学部で医師でもなかったのに、なぜ腹腔鏡なんかに興味を持ったのですか」と僕は尋ねた。

「工学部の清水教授が指導者だったからです。私は腹腔鏡も膝関節鏡も同じようだと思います。これからは、教授が話されたルールで名前をお互いに呼び合いましょう。この研究所では先生付けで呼ばないルールです。そもそも、研究所に先生と呼ぶのに相応《ふさわ》しい人はいませんと清水教授が言いました。だから名字ではなく、名前を『さん付け』で呼びましょう。相手の所属や職位を知ると発言が忖度《そんたく》されます。自由闊達《かったつ》なディスカッションを阻害しないためです」と仲尾秀磨は清水教授の発言を強調した。

　僕と秀磨はお互いに「アキラさん」「シューさん」と呼び合うことになった。

「ソーさん」と僕たちは清水教授さえ呼んだのだ。

「アキラさんとシューさんは本当に仲がよろしいですね」と他の研究者たちが揶揄した。

僕たちは仲の良い仮装友人を演じることに、まんまと成功した。

「お互いの個人情報は絶対に漏らさない」と僕たちは固い契りを交わした。

「クリスマスとか夏季休暇のプライベートを明かさない。家族構成だとか、どこの学校に子供が入学したとか、成績はどうかとの個人情報は完全に極秘とする」との暗黙の了解を交わした。新たな関わりや絆が出来ると、お互いが傷つくことを恐れていたからだ。

「私の実家は繊維問屋です。社長は父の和磨《かずま》で専務は母明子。社員は他に一名で総勢僅か三名の小さな会社です。そもそも会社が成功したのも勤勉な祖父が、横浜の外国貿易商店に勤めたことから始まりました。母は厳格で自分だけでなく、人にも向上心を求めました。自己紹介はここまで。後は黙秘します」と言い終えるとシューさんは黙った。


秀磨とのミーティングの日に個人情報を暴露するハプニングが起きてしまった。

「初めまして、仲尾秀磨の母明子でございます。山口アキラ先生ですね。有名な先生の話は、秀磨からいつも伺っています」と彼女はドアを開けると恭《うやうや》しくお辞儀をした。

「お弁当を届けにまいりましたの。この研究所までは家から車でほんの二十分です」

「私は豊かな農家の長女として誕生しました。女学校を卒業して、すぐに繊維商会社長の和磨と見合い結婚しました」と話を始めた。

僕たちがいる部屋は、客員研究者用で殺風景そのものだった。机は二人で一つを使用する決まりで、部屋には八つの机と椅子、ロッカーが規則正しく並んでいるだけだった。

研究室入り口近くの机の上に、名前も知らない緑色の葉をだらしなく伸ばした観葉植物が横たわっていた。陽当たりが悪く、慢性的に葉緑素が不足していた。それでも誰か水遣りをしているのだろう。葉や茎は萎《しお》れていなかった。

明子は、また話し始めた。僕が話を聞いているか、関心のないそぶりを見せないかを注意深く観察しながら言葉を選んでいた。

「私は幸運にも二人の子供を授かりました。兄の秀磨と弟の琢磨です。ホントに秀磨は自慢の優秀な子に育ちました。運動発達も良好でした。でも、育てにくい子供でした。夜泣きも酷くて母乳を欲しがり、あやしても眠りません」と彼女は額に皺を寄せた。

「しかし五年後に生まれた琢磨は、手がかかりませんでした。でも、お乳の飲みが悪くて体重は増えませんでした。満一歳でもたった八キロでした。秀磨は自分の物にならないと癇癪《かんしゃく》を起こしました。でも琢磨は、怒ることも、親に甘える仕草もしませんでした。強く抱きしめて慈しんであげたいのに」と言って明子は窓の外を眺めた。窓から射し込む弱い光線の束が机に反射して、薄化粧した彼女の顔を微かに照らした。

「タクちゃんは本当に可愛さのない子でした。自分が産んだ子なのに、まるで他人の子のようにしか感じられない自分を嫌悪しました。体重が増えないのも、頸のすわりが遅いのもストレスでした。それに比べて健康優良児のシューちゃんは、小中学校の優等生でした。常に琢磨は劣等生で、壊れそうなガラス細工を扱うように過剰に保護しました。失敗しそうなことは絶対にさせません。失敗して傷つくことをひどく恐れたからです。でも、競争をすべて回避したのは大失敗でした。たとえ多少の怪我《けが》をしても、そこから復元する力を育むべきでした」

「タクちゃんには、一緒に遊ぶ友達もいなかった。いけないことですが、私も主人も、兄弟への育児の距離の取り方に大きな差を付けてしまいました。子供の心理が理解できなかったのです。母として、二人の子供に愛情を平等には注げない自分に悩み続けたのです」

と彼女は厳しい顔になった。

「母親だから判る。異なる二人を平等に慈しめない自分を責め続けました。人間が幸福《しあわせ》に生きるために最も大切なのは、人と人との絆を繋ぐ力を育むことです。タクちゃんに最大の絆を繋ぐ力を与えられる母親になりたいと努力しました。でも本心は、私は子育てが大嫌いでした。女に生まれたからといって、子育ては当然だとは思いませんでした」

会話に僕が頷くことを彼女は常に確認していた。彼女の目が涙で潤んでいるようにも見えた。
「人と人の絆を創る術を、琢磨が獲得した確証もありません。でも彼は文章や数式を記憶することが大得意でした。教科書は一度暗唱すると、一週間後でも一月後でも一字一句間違えないで再現できたのです」と言うと彼女はやっとほほ笑んだ。

医用工学研究センター長に清水宗太郎教授が就任して三年間が経過した。研究所は順調に成果を上げ、研究費は次の五年間で総額約四十五億円に増額された。

設立当初には消化器、呼吸器、循環器、肝臓、腎臓、脳、脊椎脊髄などの画像自動診断が研究の主体だった。すべての疾患の画像解析プログラムが丸三年で完成した。同時に臓器の血管内手術、塞栓術、カテーテル手術などインターベンション治療法も開発された。さらに腫瘍切除範囲のプランニングや遠隔手術も開始された。悪性腫瘍治療にiPS細胞を利用した抗癌剤効果判定も臨床応用が始まることになった。

「構想や実験だけで満足する研究なんてナンセンスです。成果の実用化を最終目標にしなさい」と過激な清水教授の言葉は僕達を奮い立たせた。

アジア人に適する人工膝関節の実用化を目指した僕は、生体材料の開発規制が緩和されたことが順風になった。これで人工膝関節は第一相、第二相試験が原則的には不要になった。形状変更による力学評価と臨床治験だけが審査対象になった。

そもそも、僕が人工関節の開発を始めた契機は、三十年前のアジア人に適合した大腿骨《だいたいこつ》近位部骨折のチタン・プレートと裸子《らし》の固定材料開発が始まりだった。チタン・プレートの基礎実験には、新鮮死体骨の形態計測や力学試験を行った。解剖室で死体骨を見て怯《おび》えていた川島メタルの吉田大輔《だいすけ》部長や秋山繁樹工場長ら五名と、高崎医大の下肢関節グループ三名の共同研究で、二年後にはプレートの発売までこぎつけた。

「アステロ・ニーという名前の人工膝関節の開発には、川島メタルの本社と関連会社だけではなく、群馬県商工会も全面的に開発に協力します。県が地域振興資金を予算化することになりました」と川島メタルの専務になっていた吉田大輔が僕の研究室まで報告に来た。

「高崎医大は特許権が大学に帰属するのを条件に、煩雑な治験事務的手続きと研究費を援助します」と事務長は明言してくれた。

「アキラさん、研究費は調達できました。でも基礎実験から製品開発まで気を緩めないで、全力を尽くし続けなさい。研究はこれで終わりではありませんから。最終的にはアステロ・ニーの商品化ですよ」と清水教授は強裂なエールを送ってくれた。

「アキラの人工膝関節の製品化までは働くぞ」と年老いた父も力強く公言した。

「アステロイド型人工膝関節は材質、形状、力学試験、骨切りガイドの開発など基礎研究と、さらに四年間の臨床治験がクリアできて審査が終了しました」と川島メタル社長も完成を喜んでくれた。

「新製品のアステロ・ニーの新発売おめでとうございます。ただいま紹介いただきました清水宗太郎でございます。研究アドバイザーとして十五年間の長きにわたり山口アキラ教授を指導させていただきました。一つの創造物を完成し世界に提供できたのは、山口アキラ教授と彼の研究グループの弛《たゆ》まぬ努力の賜物です。『アイデアや実験だけで研究を終了するのを、私は絶対に許しません』とすべての研究者には申し上げています。人類に有益なプロダクトを創造するのが私たち研究者の最終到達点です。新たな発明を起業に結び付けていただきたいのです。

アキラさんは忠実に私の教えを実行しました。人工膝関節発売を心からお祝い申し上げます。さらに川島メタル・川島慎一社長ならびに研究開発部門・秋山繁樹部長のご尽力で人工膝関節の治験が完了し、厚労省の厳正な審査の結果により販売認可されました。本当におめでとうございます。最後になりましたが、すべての関係者の皆様のご尽力に敬意を表します」と記念式典で清水宗太郎教授は挨拶した。

人工膝関節の摺動《しゅうどう》面の形状は、五つもの国際特許を取得した。日本だけでなくアメリカでもＥＵでも取得できた。アメリカの特許取得は特にタフな交渉だった。多くの特許を取得することは清水教授の強い拘《こだわ》りだった。

「それにしても、シューさんは戻って来ないな。もう十三時半ですよ。約束を三十分も過ぎている」と僕は腕時計を眺めながら呟いた。さらに明子の話を聞くはめになった。

「平穏だったわが家に、革命が勃発したのです。その時タクちゃんは高校二年生。秀磨の医学部入学がタクちゃんの心で核融合を起こしました。兄秀磨は清水教授の指示通りに東都大学を卒業して、すぐに神奈川医大に入学しました」と嬉しさを隠さずに彼女は言った。

「『医学部に行きたい。医者になりたいんだ』と秀磨の医学部入学はタクちゃんを豹変《ひょうへん》させたのです。全く関心がなかった勉強を始めたのです。でも入学するには成績は最低でした。だから合格は初めからとても無理でした。タクちゃんは三浪もして北陸医大に入学したのです。入学式には私も主人と出席しました。二人で能登半島一周旅行もしました。有名な輪島の朝市にも行きました。おもてなし日本一の和倉温泉の有名なホテルにも宿泊しました」

「私たちが、能力がない人間と断定してきたタクちゃんが、偏差値が高い医学部に合格しました。『二人が私たちの子供に生まれて来てくれて本当にありがとう』と、私は合格の知らせに夫と抱き合いました。合格通知が来た夜は、二人で横浜税関の緑色の塔のすぐ裏にあるイタリア料理店『ジェノバ』で祝杯を挙げました。私たちの教育方針は正しかった。二十年間もの育児ノイローゼから解放されました」と彼女は涙ぐんだ。膝の上に両手の拳を固く握りしめたのを僕は見た。

「シューさん遅いよ。一時間以上も遅れたのはどうしてなの？」と疲れ顔のシューさんに僕は問いかけた。

「アキラさん、ごめんな。実験装置の膝モデルが壊れたから修理していたんだ。すぐに直せると思ったし、連絡する携帯もなく、この部屋の内線番号も知らない。戻ってくるのも面倒だし」とシューさんは不機嫌そうに、僕の方を見ないで言った。シューさんは弁当を黙って母親から受け取った。

「山口先生、長時間、話に付き合わせて本当に申し訳ございませんでした」と明子は恭しくお辞儀して静かに部屋を出て行った。

第五章

知りたくもない学生時代の琢磨と真弓の馴れ初めを僕が知ってしまったのは偶然からだった。それは彼らの同級生だった大山賢《けん》の家庭教師を僕がしたことによる。

弁論部だった大山は、全国大会に高校一年生から出場した強者《つわもの》だった。しかし、あとで内容は判明するが、彼はアーリー・エクスポージャーのスピーチで真弓に完敗した。彼は真弓との弁論で負けたことを卒業してからも心から悔しがっていた。

大山は僕の故郷の内科開業医の一人息子で、彼が小学校四年生の時から二時間二万円という破格の家庭教師料を払ってくれた。北陸医大に彼は現役で合格した。ところが、模試では一度も合格圏内にはとても入らなかったと家庭教師をした後輩から噂には聞いていた。

彼は卒業後に高崎医大血液内科に入局した。高校生の時には既に身長が一八〇センチ、体重も九十キロと立派な体格だった。彼との突然の再会は、僕が主治医の血友病患者の凝固因子補充療法のために、病棟へ回診に来た時のことだった。僕の前を突如遮った巨漢が、大山だった。

「伊藤真弓さんと結婚した仲尾琢磨君は、怠惰な人間だけでなく成績も最低でしたね」と大山は口を開くと彼の怠惰な学生生活を淡々と語った。

「僕の同級生にもそんな学生はいたよ。高崎医大でも。でもまともに単位を取って卒業した学生はほとんどいない」と、僕は大山の話は半分も聞かないで言った。

その時、大山がアーリー・エクスポージャーのことを延々と語った。よほど大山は悔しかったのだろう。いつものように関心がない話なのでほとんど聞いていなかった。だから、僕のエピソード記憶からは完全に消去されていた。

それは僕が房総医療大学に赴任して、琢磨に診療所で初対面した二か月後に起こった。この話が蘇《よみがえ》ったのは、大山の高崎医大血液内科教授就任パーティーに出席した九月のことだった。

「賢君、血液内科教授就任おめでとう。頑張り過ぎないように」と僕は相変わらず巨漢の彼に挨拶した。不思議なことに、大山たちの同級生の学生生活が鮮やかに再生できたのだ。病棟へ彼が持ってきたＤＶＤやスピーチの資料をなぜか捨てないで保存していたからだ。

さっそくビデオ画像を再生してみると、入学後に琢磨は手荒い歓迎に遭っていた。アーリー・エクスポージャーという早期体験型の教育プログラムで、「なりたい医師像」を新入生全員が三分間スピーチする大イベントと判った。全員参加する一泊二日の研修だった。

自分の考えを同級生の面前で宣言するのは、乱暴だが効果的だと既に科学的エビデンスが証明されていた。「医学教育システムの開発」が英文雑誌にも掲載された。結論は、教員と入学生の絆の醸成に有意に効果的だった。このプログラムが開始される前は、教員の名前や彼らの担当科目さえも卒業間際まで知らない学生が少なくなかった。

研修会場は、寒鰤《かんぶり》で有名な氷見漁港から西に少し登った高台に建つ、北陸学生共通教育センターだった。二階建ての白壁の建物には講義室二つと畳の八人部屋の寝室が十二部屋、それにバスケットボールや卓球もできる体育館が併設されていた。

三分間スピーチの日は来た。カセットデッキから流れるショスタコーヴィチの祝典序曲で会が始まった。

「皆さんこんにちは。学長の喜多村一生《いっせい》です。本日はアーリー・エクスポージャーのプログラムとして『なりたい医師像』について、新入学生一〇二名の皆さん全員にスピーチをしていただきます。皆さんは医学部に入学して、どのような医師になりたいと思っていますか。皆さんは二十歳前の可塑性が極めて高い脳の持ち主です。しかし、皆さんの脳はいまだ未熟です。完全には大人の脳になってはいません。君たちの脳回路では新しいニューロンやシナップスの形成が極めて旺盛です。

以前の入学後の初期研修では、高校の学習の復習などの退屈なカリキュラムに費やしました。しかし、今こそ皆さんには、物の見方や物の考え方の大変革を迎える大切な期間です。皆さんはこの六年間で大変化を必ず成し遂げます。今とは全く違った大人の脳に生まれ変わるのです。自己中心的思考から普遍的な価値を構築する時期です。新入生全員が大量の知識と技術を習得することを私は強く確信しています。

本日のプログラムは、医学教育学講座の寺崎浩治《こうじ》教授が北陸医大で開発されたものです。現在は全国三十の医学部で採用されています。寺崎教授をリーダーとしてタスクフォースには、昨年度入学生十名にも参加をお願いしました。夕食後はタスクフォースの一年先輩たちとのディベートも期待しています。それでは皆さん、プレゼンテーションを心から楽しんでください」と学長は挨拶した。紹介されたタスクフォースのメンバーと寺崎教授は立ち上がって新入生に軽くお辞儀をして着席した。参加者から一斉に拍手が起こった。司会は新入生代表の大山賢だった。

「それでは、なりたい医師像のスピーチを開始します。司会は群馬県前橋市出身の大山賢が行います。皆さん元気いっぱいご発表ください。では一番目の伊藤真弓さんお願いします」と大山は開始を宣言した。

「皆さんこんにちは。富山県新湊市出身の伊藤真弓です。私が医師になろうと決意したのは、父の労災事故が起きたからです。父は第五頸椎脱臼骨折《けいついだっきゅうこっせつ》が原因で脊髄麻痺になりました。父のリハビリテーションを、家族の一員として経験しました。まず、私の父の治療をしていただいた北陸医大病院整形外科の諸先生に感謝申し上げます。

両側の上肢下肢の麻痺になった父は、一度も絶望の言葉を発しませんでした。インプラントによる脊椎固定術の手術後も、さらに一年間も入院が必要でした。しかし、父はリハビリに耐えて杖歩行できるまで回復しました。主治医の山崎哲人《てつと》教授からは、『死亡率は十パーセント程度で少ないのです。しかし、たとえ助かっても一生車椅子生活になります。一〇〇パーセント自分の脚で歩くことはできません』と母と姉への絶望的な説明がありました。私は当時中学三年生でした。ですから障害の意味は深く理解できませんでした。母の後ろで姉と一緒に泣いたことを憶《おぼ》えています。父が奇跡的な回復をするにつれて、私は医師になりたいという思いが湧いてきました」と彼女のスピーチが始まると会場は静寂になった。

「私は患者に寄り添う医師、患者さん一人一人を思いやる医師になりたいと思います。患者さんが求めることを理解して、患者さんの立場に立ち、優しく適切な治療を提供する医師になりたいと強く思います。

そのために、膨大な知識を習得しなければなりません。先ほど喜多村一生学長がお話しされましたように、私たちの脳は未熟です。自己中心主義を捨てなければなりません。新しい座標を据えて物を見て考える方法を学ばなければなりません」

「皆さんに訴えます。六年間一緒に一生懸命勉学に励み、いろいろ悩みましょう。そして全員一緒に卒業しましょう。ご清聴ありがとうございました」と彼女は深々とお辞儀して舞台を降りた。

スピーチが終わり、大きな拍手と大声で歓声や指笛が長く続いた。タスクフォースのメンバーも立ち上がって歓声を上げげた。この時に琢磨だけでなく、新入生全員に伊藤真弓の名前が強く心に刻まれた。ビデオの画像でも、十分に伊藤真弓のスピーチには迫力が感じられた。

情けないことに、午前中の最後の仲尾琢磨のスピーチには全く拍手がなかった。新入生の緊張が緩んだのも原因だったが、スピーチには全く感情が籠っていなかったからだ。琢磨は聴衆に一度も視線を向けないで、原稿を抑揚もつけずに棒読みした。だから聴衆の雑談する声が録音されていたのだ。

スピーチから二週過ぎた五月中頃には、真弓をリーダーとした勉強グループが結成された。その後も自然発生的に新学年に続々と十二のグループが結成された。

講義室の最前列に座る五名は第一グループで、真弓の他に三名は女性、一名の男性が大山賢だった。彼らは生協食堂で昼食を済ませて講義室に集合して、一時間は当日の講義の問題点を話し合った。さらに一週間の講義の問題点を抽出して討論するために、土曜日に真弓の家の六畳の狭い部屋に六人の学生が集まった。五人目の異色のメンバーが仲尾だった。「琢磨君は遅刻や欠席が多いので、無事卒業できるか心配だよね。でも私たちと一緒に勉強しましょうね」と真弓は残り一人のメンバーに仲尾を指名した。

秋学期に琢磨は、出席を確認する英語とドイツ語、医学英語と医学概論の四科目がある日以外は下宿の部屋でボンヤリと過ごした。他の科目は名前を書けば出席となったので、署名は大山に頼んだ。三年生までは、試験数日前に講義ノートを丸暗記すれば何とか合格した。しかし四年生になると、この作戦は無効となった。彼は基礎科目の三単位が追試でも及第点に達しなかった。複数科目の未修得で留年と判定された。

琢磨は一年留年した後に国家試験も一度不合格だった。彼は三浪して入学したから、スムーズに進級した同級生より五年も卒業が遅れた。留年中や国試浪人中も真弓が勉強の面倒をみていたようだ。詳細は不明だが、琢磨が卒業した三月末に二人は結婚した。

この事実は同級生にとって衝撃だった。「不思議なカップル」と同級生は異口同音に表現した。琢磨は三十一歳、真弓は二十六歳だった。

第六章

「教授任命権は房総医療大学理事会にあります。千葉医科大学リハビリテーション学部教授が、本学教員人事を指示することは言語道断です」との理事会決定が千葉医科大学へ送付された。採用が内定していた千葉医科大学教員は、全員赴任を拒否することになった。

房総医療大学では急遽対応が迫られた。非常勤講師の私立医大生化学准教授の鷲津隆司がリハビリテーション学部長に選任された。教員採用の指揮官に抜擢《ばってき》された、学部長になった鷲津は、内部の専門学校教授や准教授を昇格させ、教授八名と准教授五名を確定させた。設置基準に足りない教授六名は全国公募にした。

「房総医療大学附属診療所院長人事も撤回する」との書面が千葉医大から大学理事会に通知された。院長人事撤回で煽《あお》りを食ったのは高江洲盛輔だった。医師免許がある彼は診療所の院長に任命され、内定していた看護学部長は取り消しになった。新たに看護学部長は、千葉医大附属病院を退職予定の後藤夏代に急遽決定した。いつまでも院長就任を承服しない高江洲を粘り強く説得したのも鷲津学部長だった。

「高江洲盛輔先生、新大学設立の危機なのです。お願いです。どうか先生のお力で窮地を救ってください。診療所院長を二年間だけお願いしたいのです。二年後には、先生の看護学部長就任を確約します。理事会にも了承済みですから」との密約を交わした。

「本学園の専門学校時代のトップは、全員男性でした。私も女性ですので、女性学部長採用には大歓迎です。後藤夏代氏の管理能力は抜群と伺っています。看護教員には彼女の後輩も多いので、教員の融和も容易です。ですから、五年間の契約に延長します」と山邉尚美理事長の一言で、二年後も後藤学部長の継続は決まった。

「山邉尚美理事長、看護学部長に私を任命しないのは重大な契約違反です。鷲津学部長は二年間だけ頑張ってくれと確約しました。臨床に興味がない私には、診療所業務は耐え難いのです。どうか約束を忠実に実行してください」と高江洲は何度も理事長室を訪ねた。

「後藤看護学部長を理事長は大変お気に入りです。確かに高江洲先生を看護部長にすると約束は申し上げました。しかし、事態は急変しました。看護学部長の任命権は、理事長の私ではなく理事会にありますので、私にはどうしようもございません。この二年間、診療所院長も公募しましたが応募者はいません。ですから三年目からも高江洲教授は診療所院長を継続してお願いします。約束した看護部長就任は履行できません」と鷲津学部長は冷酷に通告した。

「看護学には以前から情熱も湧かない。学生からの授業評価も頗る悪い。看護学部の教授十名中八人が看護師で、医師なのは私一人だけだ。後藤学部長は学部教員の信頼を半年経たずに得た。プロパーでない男性医師が看護師教育に潜り込むのは限界です。学生も女子が大多数で、男子学生は僅か十二人にすぎない」と彼は不満を僕にもぶちまけた。

学部長に決定した直後、鷲津は理事長に、看護学生やリハビリテーション科の学生に実習を行う附属診療所の創設を提案した。

「理事長、臨床実習を診療所で行いましょう。自前の教育施設を造ることで、年間約二〇〇〇万円もする実習の費用を大学に還元できます。現在苦労している実習施設の確保も容易になります。更に大学のブランド化も得られます」と安易に発言した。

「グッドアイデアですね。それに診療所は学園のシンボルにもなります。診療所設立を許可します」と学部長と理事長だけで計画を決めることになった。

「診療所のビジョンと建物の設計を始めます。臨床教育に関心のある医師、看護師、療法士のスタッフを確保し、多職種の意見も取り入れます」と学部長は言った。しかし、酷い事実は診療所長に内定した高江洲医師にさえ、鷲津は一言も相談しなかった。

「診療所は二階建てにします。一階は診察室二、療法士室二、事務室一、レントゲン室一、処置室一、多目的室一、更衣室二、トイレは職員用と患者用各一。二階は療法士事務室、身体計測室一、トイレ三の、合計四五〇平米の広大な診療所を大学開校に間に合わせました」と学部長は無邪気に喜んだ。

附属リハビリテーション診療所は、大学開校の一か月後の五月の連休明けに開院した。スタッフの理学療法士と作業療法士は、四名とも鷲津学部長が専門学校卒業生を直接勧誘した。

『大学附属リハビリテーション診療所』と仰々しく命名したのも学部長と理事長だった。リハビリテーションに関心がない高江洲を院長にしたのは大きな間違いだった。診療所設計も間違っていた。診察室からレントゲン室までの距離が十五メートルもあった。これは痛みがある患者には辛すぎる距離だった。

診療所がある雲雀《ひばり》ヶ丘町の一丁目から五丁目の区長と市長も参列して、開院式が華々しく行われた。一般住民の内覧会も午前・午後に三回も行われた。天候にも恵まれ、住民の参加は合計三二〇人と大盛況だった。

診療所開設前に採用が決まった看護師は、野沢千恵子だけだった。人材派遣会社からの紹介で井上なおみ看護師が採用された。井上は都内の私立大学看護部を卒業して七年目だった。彼女は大学卒業後に母校の附属病院で看護師として六年間働いた。結婚退職して公

郵便はがき

料金受取人払郵便

新宿局承認

2524

差出有効期間
2025年3月
31日まで
(切手不要)

1 6 0-8 7 9 1

141

東京都新宿区新宿1－10－1
(株)文芸社
愛読者カード係 行

お名前《ふりがな》		明治 大正 昭和 平成 年生 歳
ご住所《ふりがな》	□□□-□□□□	性別 男・女
お電話番号	(書籍ご注文の際に必要です)	ご職業
E-mail		
ご購読雑誌(複数可)		ご購読新聞 新聞

最近読んでおもしろかった本や今後、とりあげてほしいテーマをお教えください。

ご自分の研究成果や経験、お考え等を出版してみたいというお気持ちはありますか。

ある ない 内容・テーマ( )

現在完成した作品をお持ちですか。

ある ない ジャンル・原稿量( )

書　名			
お買上 書　店	都道　　　　　市区 府県　　　　　郡	書店名	書店
		ご購入日	年　　月　　日

本書をどこでお知りになりましたか?

1.書店店頭　2.知人にすすめられて　3.インターネット(サイト名　　　　)

4.DMハガキ　5.広告、記事を見て(新聞、雑誌名　　　　)

上の質問に関連して、ご購入の決め手となったのは?

1.タイトル　2.著者　3.内容　4.カバーデザイン　5.帯

その他ご自由にお書きください。

(　　　　　　　　　　　　　　　　)

本書についてのご意見、ご感想をお聞かせください。

①内容について

②カバー、タイトル、帯について

弊社Webサイトからもご意見、ご感想をお寄せいただけます。

ご協力ありがとうございました。

※お寄せいただいたご意見、ご感想は新聞広告等で匿名にて使わせていただくことがあります。

※お客様の個人情報は、小社からの連絡のみに使用します。社外に提供することは一切ありません。

■書籍のご注文は、お近くの書店または、ブックサービス(0120-29-9625)、セブンネットショッピング(http://7net.omni7.jp/)にお申し込み下さい。

務員の夫の実家に近い雲雀ヶ丘三丁目の新築マンションに住んでいた。

仲尾が十月に常勤として赴任するまでの三か月間、僕は院長として働いた。

「救急マニュアルや診療所治療方針、週一回のリハビリテーション検討会、医療安全マニュアルを作成しました」と井上看護師は答えた。

「もう出来たの？　二週間しか経っていないよ」との僕の質問は、彼女には想定内だった。

「マニュアル作りは得意です。私、ＩＣＵに勤務してたの。大学病院のマニュアルからコピペしました」と嬉しそうな顔をした。

八月には、井上の同級生だった青木ひとみが診療所の常勤看護師に内定した。野沢が退職予定だからだ。

「看護師は女二人しかいないのに、いつも喧嘩《けんか》ばかりだよ。井上さん、誰か気の利く看護師を連れて来てよ」と鷲津学部長は指示していた。

「診療所の運営が軌道に乗るまでの一年間は、絶対に子供を産まないこと」と人権侵害にもなる誓約書を書いて井上は採用されていた。

「妊娠は誓約違反ですよ。しかも、産休と育児休暇で合計一年も休職するなんて許せませんよ。私は有給休暇も消化できないじゃないの」と特に野沢は井上の妊娠したことに激怒した。週に何度も相手を罵倒し、抗議の話が双方から学部長室へ持ち込まれた。

「仲尾先生、男の事務長を連れて来なさい」と学部長は命令した。

「井上さんが妊娠しました。彼女が、悪阻《つわり》で突然休むのには困ります」と野沢は僕に文句を言った。

「でも看護師の常勤が二名もいるのは患者数に比べ多すぎです。患者さんは一日平均三十数人ですよ。僕が働いた高崎医大の外来診察室は六部屋ありましたが、介助の看護師は二人しかいませんでした。この診療所でも抗体検査やワクチン接種の時以外は対応が一人で可能です。採血や注射で忙しい日は、年に二十日もありません。忙しい時は、非常勤の看護師で対応が可能です」と僕は学部長に言った。

「野沢さんの意見を尊重して井上さんも採用した」としか学部長は返答しなかった。

開院時から高江洲は整形外科医として週三日間の外来を担当した。しかし、彼が整形外科疾患に関心が全くないことは最悪だった。開院後半年経っても彼の外来日の患者は一日あたり二十人以上には増えなかった。

「大学病院と違い、診療所に来る患者はロクな患者がいないぞ。私がこの大学へ赴任したのは、神奈川医大医用工学部教授選考で東都大清水宗太郎に大敗したからだ。二年後に新設される房総医療大学の看護学部長に応募して、採用が内定していた。しかし、看護部長に後藤看護部長が突然採用されてしまった。私は渋々診療所院長を引き受けざるをえなかった」と高江洲は患者だけでなく二人の看護師たちに向かって言った。

「患者からの良い先生だとの評判は全くありません」と看護師は二人とも声をそろえて彼を批判した。

「娘のルナが、高江洲教授と性的関係があった」とルナの母親からの電話で事件が発覚した。僕は、この一番目の大事件を「セクハラ事件」と呼ぶことにする。

セクハラ事件が発覚した頃、僕は妻かおりとニュージーランドに滞在していた。国際整形外科学会での招待講演のためだ。訪問予定の従妹の鮎子と夫のマサルが経営する小さなホテルで週末をのんびりと過ごす予定だった。学会主催のオプショナル・ツアーもすごく楽しみにしていた。オークランドの三月末は夏の終わりだが、気温は二十度と観光には最高だった。

「最高気温は摂氏十九度、最低気温は十度です。氷河ツアーには厚めのセーターと上着をご持参ください」と鮎子からメールが届いた。

ホテルはイギリス植民地時代の建物をリノベーションしたものだった。計画では、十八世紀を感じさせる二階建ての木造建物に僕たちは滞在予定だった。しかし、僕の房総医療大学への就職が急遽決まったので、残念ながら観光は全てキャンセルになってしまった。教授任命式への参加が義務付けられていたからだ。急遽、成田直行便に変更した。鮎子のホテルに僕は立ち寄れなくなってしまった。かおりだけはホテルで何とかランチを楽しむ予定にした。でも、任命式に出席しなくても何ら問題がなかったことは後で判った。

「一周二〇〇メートルの小さな池の畔《ほとり》に佇《たたず》むクリーム色の外壁と黒い屋根の美しい建物がホテルでした。一八五〇年頃に建造された貿易商の館だって。手入れの行き届いた芝生の庭で、ダージリンティーとシャインマスカットのロールケーキを美味しくいただきました。ロールケーキのクリームは最高でした。部屋は純白の天井、壁やシャンデリアも落ち着いた色調でとっても快適でした。本当は一泊でもしたかったわ」とかおりは、帰りの飛行機の中で庭園とホテルの写真を嬉しそうに見せてくれた。

「核戦争の被害予想が世界一少ないニュージーランドに移住することに決めました。夫のマサルも大手銀行を三十五歳で退職しました。お暇ができたら必ず遊びに来てくださいね」と鮎子から二十数年前に連絡があった。

「日本を脱出してニュージーランドに移住する」と一人娘から相談もなく通告された叔父も叔母も、さぞ驚嘆したと思う。

「日本人旅行者やアジア人留学生向けの小さなホテルを開業しました。儲《もう》かってはいませんが、生活するには不自由はありません」と連絡が鮎子から僕にあったのは、移住十年目のことだった。

「のんびりと滞在できないのが残念です。新しい大学への就職が決定しました。一週間の予定でしたが、鮎ちゃんのホテルに泊まれません。七日間の予定が三泊四日の弾丸ツアーになってしまいました。妻かおりは、ランチにホテルへ伺いますからよろしく」とメールした。

「残念ですが、フォックス氷河とフランツ・ジョセフ氷河ツアーは次回にします。学会講演を済ませたら成田へ直行です。僕は自宅には帰らず、そのまま四月二日に学長から辞令を受けます。再びニュージーランドに来るチャンスがありますよう祈念します」と鮎子へメールした。


大学では、高江洲のセクハラ事件に厳重な緘口令《かんこうれい》が敷かれていた。その時僕はこの事件だけでなく、大学の内情さえ全く知らなかった。

「昨年度のハラスメント相談件数は二十八件でした。そのうち懲戒処分の案件はゼロでした。本大学ではハラスメント教育が遵守されていると断言します」という委員長の乾美穂子看護学科教授の発言が空《むな》しかった。乾は男女平等論で関東地区では高名な学者だった。

大学の教員自己紹介欄には、女性蔑視発言への年次報告書を見つけた。だが昨年起こった高江洲のセクハラ事件は、ハラスメント委員会に報告されなかった。

「乾教授の報告は嘘だ。高江洲のセクハラ事件があるのに。ハラスメント委員会で審理されずに極秘裏に審理された」と、関心がある学内教員は全員思った。

「ハラスメント事件、特に教員のセクハラは、マスコミの格好の餌食になる。大学の学生募集にも甚大な影響を及ぼす。だから委員長への通報は、遮断されて審議対象にならないよう綿密に画策された。大学本部ではセクハラ事件の調査は、影のハラスメント委員会によって極秘に行われた」と僕は結論した。

「五月二十日に高江洲院長職解任が決定しました。教授職では学務と診療所院長としての診療停止、自宅謹慎処分に決定です」と僕にも伝えられた。僕の知りたいセクハラの具体的な情報は皆無だった。

解任に伴って新院長選考は影のハラスメント委員会の任務になった。院長選考委員長には、医学部生化学教室准教授だったとの理由だけで、鷲津学部長が選任された。しかし、彼は臨床医学には疎いので選考委員長には本来は不適格だった。

「直ちに仲尾先生が所属している神奈川医大の医局への招聘《しょうへい》工作を開始します」と十分な審議もされないまま仲尾の院長が決定した。

「仲尾琢磨先生、七月一日付けで院長に就任してください。雇用条件は週四日勤務。年俸は二〇〇〇万円。週一日は研修日で、他の病院での勤務も許可します。六十五歳までの終身雇用です」と理事長は破格な条件を提示した。

「今の病院でやり残したことが幾つかあります。その処理に三か月間必要です。就任は十月一日にしてください」と彼は返答した。

その三か月間を埋めるために、院長就任依頼が僕に回って来たのだ。

「七月一日から九月三十日まで診療所院長を命ず」との辞令を僕は快く承諾していた。

岩切本部長は突然僕の教授室へ来た。

「十月一日は仲尾琢磨先生の院長就任予定です。高江洲盛輔先生と同門の神奈川医大の先生です。看護師や療法士からは立派だと大評判です。山口教授は、仲尾先生の身辺調査を大河内学長から依頼されたと伺っています。しかし、山邉尚美理事長は、『身辺調査は不要です。即刻中止しなさい』と言われました。先生はいまだ大学の内部のことを全くご存じない。今から私が申し上げるセクハラ事件の概要は、絶対に内密にしてくださいよ。他言は無用です」と岩切本部長は周りに人けがないのを確かめて、抑揚のない低い声で語り始めた。

「事件は昨年九月の交通事故が発端でした。翌日に緑川ルナが高江洲院長の診察を受けました。彼女は当大学の看護学科二年生です。助手席にいてトラックに追突され、額と前胸部に怪我をして救急病院に搬送されました。幸い意識は清明でした。頭部CT検査でも脳損傷や骨折は認めないとの診断でした。運転していた同級生の戸田翔太《しょうた》は、肋骨三本が骨折し、外傷性気胸《ききょう》のために緊急入院になりました」と岩切本部長はボソボソ言った。

ルナは証言した。

「『高江洲先生、昨日、戸田翔太君の車の助手席に乗っていてトラックに追突されました。運転していた翔太君は肋骨を骨折して、そのまま入院になりました。私は額と胸に創を負いました。形成外科の先生から傷跡が残る可能性が高いと説明されました。先生、額と胸の傷は全然痛みはありません。でも、傷が瘢痕《はんこん》になったら水着が着られません。お願いです先生、傷跡を残さない最善の治療法をお願いしたいです』

『三センチの額の真皮まで達する創は、六ゼロ・ナイロン糸で細かく形成縫合してあります。多分、もう一度は形成外科的な瘢痕形成の手術が必要だろう』と言われたと緑川は証言しました。高江洲先生は、病院からの紹介状とコンピューターの画像操作に集中していたので、明確な返答はしなかった。うーん、と言っただけ」と彼女は説明をされたことを忠実に語った。

「最善の治療のために記録写真を撮影する。胸の傷が全部見えるようにブラジャーも外してください。同級生の皮膚科の松山卓哉先生に、額と胸の創の写真を転送して相談しますから。総論的には真皮に達した深い創は、きちんと治療をしないと瘢痕が残る。では、最善の治療を尽くすために写真を撮影しますよ」と言って高江洲はスマホで撮影しようとした。

看護師の野沢は彼の左後ろで話を聞いていた。

「高江洲先生、創の撮影なら下着まで取る必要はありません。下着で隠れない場所に創はあります。なぜブラジャーまで外すのですか」と野沢看護師は大声で高江洲に言った。

「先生、ご自身のスマホで記録写真を撮ってはダメですよ。診療所のデジカメで撮ってください。あとで大問題になります。先生、どうかお願いです、スマホで撮影するはおやめください」と野沢はさらに大声を出して、高江洲の撮影を遮った。さらに、高江洲の両手を掴《つか》んだ。

「邪魔だ、退《ど》け。邪魔をするな。完璧な治療には記録写真が必要だ。デジカメではだめだ。スマホなら松田先生にすぐに画像を転送できる。そうすれば完璧な治療法を教えてくれる。野沢さんは退いてくれ。看護師の分際で邪魔をするな」と彼は怒鳴った。

野沢は、彼とルナとの間に上手に身体を割り込ませた。その時、高江洲の右手が野沢の肩を強打した。

「先生は私の肩を殴りましたね」

「殴っていないよ。拳が肩に当たっただけだ」と彼は叫んだ。

「肩を先生に殴られました」と野沢は痛みで悲鳴を上げた。

「暴力はおやめください、高江洲先生。私は看護師を四十年もしていますが、こんなに酷い医療行為を見たのは初めてです。スマホで患者さんを撮影するのはダメです。破廉恥行為ですよ。先生は人間として、してはならないことがお判りにならないのですか。先生のようにＩＱの高い人間が、悪魔のように邪悪な行為をするなんて絶対に許しません。この事件はハラスメント委員長の乾美穂子教授へ報告しますから」と彼女は大声で叫んだ。甲高い声は隣の事務室にも響いた。事務室にいた鈴木は大声を聞いて診察室に駆けつけた。

撮影を必死に阻止した野沢の気迫にルナは圧倒されていた。しかし、必死に自分を守ってくれる意味を彼女は全く理解できなかった。下着を整えてルナは椅子に深く座った。野沢に向かって落ち着いた口調で語り初めた。

「私は高江洲先生を心から尊敬しています。先生は、人はいかに生きるべきかを私に真剣に諭してくれました。看護婦さんが阻止しようとした創の撮影なんか何でもありません。私は単純に瘢痕にならない最善の治療を受けたいのです」とルナは彼を弁護した。彼女は、後ろに立っていた野沢には一度も視線を向けなかった。

「救急病院の総婦長にまでなって、定年の六十五歳まで身を粉にして働きました。でも体はこのとおり頑丈です。定年してから診療所創立時に主任として再び働く契約をしました」と彼女は経歴を語った。

「前病院での最高年収が八〇〇万円はありました。総婦長でも週一回の夜勤をしました。多分、新人の医者より高給取りでした。でも、世の中って上手くバランスが取れているのですねえ。ギャンブル狂だった旦那は、競馬や競艇やパチンコなどで私がコツコツと長年地道に蓄えた財産をあっと言う間に使い切りました。さらに旦那の借金を払ったら貯金が底をついた。本当に頭にくるわ。

　だから三年前に旦那とは別れたの。今は次男家族と同居している。孫の九歳の男の子と五歳の女の子に毎日会えるのが本当に嬉しいわ。まだ私は元気だし、狭い家に昼間いても邪魔者扱いになる。だから診療所に三年間だけ世話になると決めたの」と彼女は明かした。

「ルナの学業を卒業するまで面倒を見ると約束しました。彼女は私のゼミ生で、二年生の春学期から成績は最悪だった。成績評価のたびに呼び出した。解剖学、生理学、病理学や基礎看護学などは全部落第点でした。学習方法や基礎医学についても教えてあげたいと思った。他の授業も六十点。それも、加点してやっと合格点だった。

他の教員もやっていますが、春学期の成績期の五十点代はすべて六十点にしました。しかし、加点しても六教科が不合格。留年が決定的でした。学年では六人が単位不足で落第しました。人の命を預かる大事な職業だから、中途半端な知識では進級はさせられません」

と高江洲は五人の影のハラスメント委員会のメンバーに向かって弁明した。度の強い眼鏡の奥の彼の視線は、室の正面に座っている山邉尚美理事長に鋭く向けられていた。

「事件について釈明いたします。不倫だとのご指摘は不当です。私は房総医療大学赴任前に妻との協議離婚が成立しています。法的には、不倫などと言われる問題はありません。十九歳の女性の部屋で彼女を介抱した事実には、倫理的・道義的な責任は感じています」

と彼は主張した。

「看護学部の究極の目標は、国家試験一〇〇パーセントの合格です。看護学部は、開学以来、卒業生七十名の九十八パーセント以上の合格率をキープしてまいりました。国家試験対策の担当教員は一〇〇パーセントの合格を絶対的な目標にして、四年生の五月から模擬試験を継続して行っています。全教員には、オープンキャンパスとともに過大な負担です。一〇〇パーセント合格率達成には後藤夏代看護学部長の下で、全教員が奮闘しています。この件は本題から逸《そ》れますのでこれ以上は申し上げません」と彼は話題を変えた。

「二年生の春学期から本格的な看護学講義が始まります。緑川も基礎知識から修得するように指導しました。基礎知識のない学生には臨床科目の理解は不能です。彼女は、膨大な医学知識の大海の前に立ち尽くしました。大学二年目に授業の理解の限界を超えたのです。六月から授業にも来なくなりました。某大学病院の総看護師長をしていた母親の緑川節子様とも二度面談しました。本人も何度も呼びつけました。『看護学の勉強に興味を失《な》くしました』と言って彼女は黙っていました」と言って彼はしばらく沈黙した。

「看護学は、基礎科目の知識を層状に積み重ねただけでは到底理解できません。知識は相互に立体的に密接に絡み合っています。例えば発熱を例にします。生理学では体温調整とは何か。発熱するメカニズムは。発熱によって生じる病態は。咳や喉の痛みはないか。炎症なのか、それとも感染なのか。免疫異常なのか。最終診断は何か。では治療はどうするかと次々と疑問が生じます。

もちろん最終診断は医師の役割です。それでも、看護師には診断学や治療学などの知識を統合して行動する能力は不可欠です。盲目的に医師の指示に従うのではなく、医師を補完して、自律的に病気に苦しむ人間に安心と希望を与える重要な役割があるのです」

彼は珍しく正論を堂々と語った。会議室は静寂で、低い高江洲の声だけが響いた。会議室入り口の小さな白い花瓶には、萎れた青紫のアイリスの花が一輪生けられていた。カーテンが開かれた西側の窓から五月の夕陽が柔らかく射し込んでいた。

「全知識を総合して、診断と看護方針を決定できる高いレベルのナースになるのは、本当に難しい。看護師の役割は、不安の渦中で悩める患者さんに寄り添い、どのような看護をなすべきかを速やかに判断して、最高の看護を施すことです。まさに白衣の天使なのです。残念なことは、本学の学生には、その目標に達する可能性がある学生は半数しかいません。緑川は春学期に留年が決まりました。原級に留め置かれ自暴自棄となったのです。

睡眠薬の大量服用やリストカットがありました。『先生さようなら』と昨年の八月末にショートメールがありました。胸騒ぎを覚えた私は、彼女のマンションに直行しました。ベッドで朦朧《もうろう》としていた彼女は睡眠薬を大量に飲んでいました。頬を叩《たた》いても、彼女は目覚めません。幸い、頸動脈の拍動は触れました」と言ってペットボトルの水を一口飲んだ。

「まだ生きている。咄嗟《とっさ》に大量の水を飲ませ、側臥位にして睡眠薬を吐かせました。薬と食物を大量に嘔吐《おうと》しました。ルナは大きく呼吸をしました。微かに胸郭の動きも確認できました。吐物の悪臭が部屋中に充満しました。だから窓を開け新鮮な空気を入れました。

とうとう、ルナは目を開きました。嬉しかったです。何を尋ねても、ただ泣きじゃくるばかり。私は彼女の背中を抱きしめ、一晩中背中を撫《な》で続けてあげたのです。交通事故による胸の創は、瘢痕にはなっていませんでした。吐物に塗《まみ》れた臭いのするシーツ。彼女も私も疲れ果てて深い眠りに落ちました。しかし神に誓って申し上げます、私は、それ以上の行為をしなかったと誓います」

「緑川は自殺を仄《ほの》めかすメールをその後も数度も送って来ました。そのたび、私は彼女の部屋へ駆けつけました。秋学期は休学して、春学期に復学しようと私は指導しました。緑川の母は私の提案に凄い剣幕で、教授室に何度も押しかけました。『お母さん、現実を認めてください』。私はルナの成績と欠席状況と成績を説明しました」と高江洲はルナの母親に話しながら、何かを想い出そうと天を仰いだ。

「忘れていた大事なことがあります。二度目の睡眠薬自殺の日でした。『お母さん、今まで育ててくれてありがとう』と母親へメールをしました。母親はその日、夜勤のために娘の部屋に行くことが不可能でした。様子を見てきてほしいと私に言われました。

お母様は大学病院の総師長という責任ある立場でした。ルナの学習能力の低さを彼女は受容しませんでした。そんなはずがない、娘は立派だと。幼い頃から有能な看護師になるのが夢だと。もし母親が、私をセクハラで提訴するなら、私こそ罠《わな》に嵌められたのです。ルナに対する行為は教員として正当な行為だと、私は母親に向かって強い口調で主張した」と彼は証言した。

影のハラスメント委員会は六月初旬に「濃厚なセクハラの嫌疑あり」と最終判断した。

七月から高江洲の出校禁止処分が決まった。しかし翌年三月までの給与は全額支給される甘い処分だった。その猶予期限までに、彼は自分で就職先を探すことが許された。

「委員会は弁明の機会も私に与えない。無知蒙昧《もうまい》の輩《やから》が、ルナへのセクハラと看護師殴打の罪で、退職を示唆するなんて絶対許さないぞ。房総医療大学はブラック職場だ」と高江洲が学外で吹聴している噂は僕にさえ伝わってきた。

高江洲は七月上旬に診療所に突如現れた。まだ僕と面識がない時だった。明らかに緑川ルナのカルテの改竄《かいざん》が目的だろう。しかし、僕は彼の処分が決定していたので、カルテを書き直す意味はないと考えていた。

僕は高江洲と初めて目を合わせた。一目で彼だと判った。カルテが改竄される可能性を予感していた僕は、事務員の鈴木にカルテのコピーを命じた。コピーと照合すれば、改竄は自明な証拠になると考えたからだ。

だが、カルテは証拠採用さえされなかった。それどころか、野沢看護師さえ事件の証言を求められなかった。影の委員会は、十分な証拠を収集もしないで短期間でセクハラ事件を封印してしまったのだ。

「当大学看護学部三年の学生。十九歳。前胸部の傷は長さ約十五センチメートル。真皮まで達していて一部深い。救急病院のレントゲン画像には頸椎、肋骨に骨折所見はない。前胸部を撮影した写真を同級生の皮膚科医松田康介先生に紹介した。瘢痕予防の最良の治療方針を高診してもらう。今後は松田先生からの返事に従って治療法を計画する」と彼がカルテに追加した部分を確認した。追記されたことは、字の大きさと丁寧さからすぐに判る。さらに文字の間隔も狭いし、インクの色も僅かに違うからだ。

「昨夜、患者は交通事故を起こした。助手席にいて前胸部と前額部を打撲。救急病院では骨折はないと診断。額と前胸部の創の治療法の相談に来院」

改竄前のカルテに記載されたのは僅かこの四行だった。前胸部を撮影した写真はいくら探してもどこにもなかった。

第七章

講義の準備と高崎医大の僕の外来患者の紹介先を決定するのに六月末まで忙殺された。

一コマが一時間三十分の講義の準備には、最低でも五時間が必要だった。つまり、一週間の三コマの講義に最低でも十五時間は必要だった。二単位の講義は十五回で完了する。整形外科は専門なので準備は難しくはない。しかし、救急医療とリハビリテーション医学は未知の講義だから困難だった。それに受講する学生のレベルが全く判らないことも大問題だった。

「医学部のように本学の学生の質は高くはないです。ですから心配はご無用です」と鷲津学部長は軽く言った。

「しかし、授業での留意点は、学生たちは先生の講義内容を一〇〇パーセント正解だと信じて疑わないことです。彼らは批判的に授業内容を聞くことがありません。この勉強がどうして必要なのか？　何のために学習するかを理解できないのです」と鷲津学部長は強調した。

「どのように対応すればよろしいのです？」

「キーポイントは教科書の内容を易しく解説することです。国試に向けて、一つの正解を記憶させるのです。本来は学生の理解度を見極める双方向性の授業が必須です。また教員のレベルもさまざまです。学生の顔色を見て授業内容を微調節することが必須になります。易しい内容で、確実かつ豊富な知識を習得させるのが必要です。

今まで授業の一コマ九十分を三万円で引き受けてくれる整形外科医は皆無でした。以前勤めていた大学の整形外科の医局にお願いして、昨年までは何とか最低限を確保しました。しかし、残念なことに整形外科は集中講義でした。土曜日の午前午後に四コマ授業を二週間で八コマ、わずか一単位確保ができただけです。

救急医療もリハビリテーション医学も、今までは看護師や理学療法士が医師に替わって担当しました。先生のような高名な先生による講義なら、学生は豊かな知識を得ると確信します」

「了解しました。努力します」と僕は元気良く答えた。

「高崎駅西口から徒歩で十三分のマンションから房総医療大学まで、二時間かけて週四回、毎日通勤しています」と僕は授業で自己紹介した。

「えー、マジ群馬県の高崎から新幹線通勤されているんですか？」とほぼ学生全員が驚くのを僕は楽しんだ。

「一年続けば大したものだぞ」と口の悪い僕の先輩は揶揄した。しかし、二年目になると何も言わなくなった。

高崎と東京間は、新幹線あさまなら五十分で到着する。そこから大学までの内房線JR最寄り駅到着までは、さらに一時間強かかる。それから大学の正門までは徒歩なら二十分、スクールバスなら五分で到着する。

ただ、東京駅で総武線への乗り換えは最難関だった。人を押しのけて進むのが僕は不得意だからだ。遠慮していると衝突して前には進めない。


房総医療大学のキャンパスへは、JR内房線五井駅からバスに乗る。「木更津カントリークラブ」の大看板の手前を左に曲がった小高い丘陵に大学がある。

高度経済成長の昭和四十年代から、大学周辺の農地がすべて分譲されて住宅になった。「都心へ特急六十分で通勤可能」と当時は宣伝された。

最初に住宅が売り出された雲雀ヶ丘一丁目は、JRの駅周辺だけだった。その後、次々に宅地が開発されて雲雀ヶ丘は五丁目までドーナツ状に拡大し、一大住宅地になった。JR駅付近の雲雀ヶ丘一丁目は間もなく分譲後五十年になる。住民の高齢化も著しかった。

なだらかな丘陵に建てられた大学は、雲雀ヶ丘四丁目にあった。本部管理棟、記念講堂、図書館、食堂の共通施設と四学部の棟がある。心理学部、健康福祉学部、看護学部、リハビリテーション学部の四棟の独立した建物だ。

学部棟は建設順に一号館から五号館と名付けられた。一号館から二号館までは専門学校時代の建物で、心理学部と健康福祉学部の講義室があり築後三十年経過していた。看護学部は四号館、リハビリテーション学部は五号館にあった。四号館と五号館は築後十年しか経過していないので真新しい。

大学正門の反対側の南側にある診療所は人通りが極端に少なく、患者を集めるには立地条件が最悪だった。二階建ての診療所は一階に診察室・処置室とレントゲン室があった。二階は二〇〇平方メートルの広いリハビリ訓練室になっている。診察室の受付窓口が高さ・幅とも五十センチしかなく狭すぎたので開院前に改築された。

リハビリのスタッフは、大学前身の専門学校卒業生の理学療法士の森山克則、竹田晴彦と、作業療法士は中野幸作、馬場園はなの四名が開設と同時に採用された。

「登別の脳血管障害専門病院で六年間働きました。学部長から連絡を受けて診療所で働くことにしました。脳卒中の患者様は馬場園にお任せください」と彼女は自己紹介した。

「札幌からも函館からも登別温泉は遠いけど、素晴らしい温泉だね。サミット会場だった洞爺湖温泉には宿泊したことがあるよ」と僕は彼女に答えた。

「私たち四名は、全員鷲津学部長に勧誘されて、新設される附属リハビリ診療所に就職したのです。四人とも経験年数こそ違いますが、診療所のために全力を尽くします」と森山と竹田も力強く言った。

「でも高江洲盛輔院長は酷すぎます。リハビリに関心がないので大変苦労しました。院長は、リハビリ計画書に『腰のリハビリ』、『膝のリハビリ』と書くだけです。他の記載は全くありません。『諸君はリハビリのエキスパートなんだから、自分たちでリハビリ処方をしなさい』と諭されました」と中野主任が不満顔で言った。

「『リハビリテーション計画書とリハビリ処方箋に、指示を具体的かつ詳細に記載するのは医師の大切な役割です、合併症や問題点も併記してください』と何度も申し上げました。しかし、高江洲院長は知らん顔です。開院最初から仕事を放棄されていたのです。患者さんの所見の記載がカルテには全くないのです。何かのリハビリの手がかりを見つけるのは空しい努力でした。腰でも膝でも、触って診察することがありません。治療方針が不明確なので、私たち療法士からすればすべてが手探りでした」と中野は不満を滲《にじ》ませた。

「皆さんのご不満はよく理解しました。院長に私が就任しましたのでご安心ください。七月一日からはリハビリ計画書には明確な指示をします。リハビリ症例検討会も週一回は開催します。しかし、私の任期はたった三か月間です。その後は、皆さん待望の仲尾琢磨院長が就任予定です」と僕は挨拶した。

しかし、誰一人として笑った顔がなかった事実に鈍感な僕は全く気付かなかった。「厳しい顔が何を意味するのか」を僕が悟ったのはそれから半年も経過してからだった。

「こころ寿司」に仲尾を誘ったのは、医局訪問から二週間後だった。彼との初対面の時の快晴とは変わり、土砂降りの雨に見舞われた。こころ寿司はカウンターが八席と奥の座敷一部屋だけの小さな店だった。しかし、ネタが大きくて新鮮で美味い。大トロ入り特上寿司でも二五〇〇円とお手頃だった。大将は肌が褐色で背は低く、肉付きが良い体には角刈りが似合っていた。

「大将、年は五十歳ぐらいなの？」と僕はカウンターに座るや否や尋ねた。

「お世辞でも嬉しいなあ。でも、大外れだよ。もう還暦過ぎだよ。来月には六十二歳になる。木更津の高校を卒業して鴨川の観光ホテルの料理人として十五年間、無我夢中で修業した。フレンチやイタリアンも担当したが、和食が一番好きだ。三十三歳でこの寿司屋を開店した。

ネタは上物が手に入るんだ。寿司屋を始めた時は、バブルで稼ぎは最高だった。通勤帰りのサラリーマンが毎晩いっぱい来た。この女将は同じホテルの同期だった。一緒に寿司屋を始めるぞがプロポーズの言葉だったよ」と隣にいた女性を指さした。

「私も上州人だけど、大の鮪《まぐろ》好きなの。海がない県なのにねえ」と女将は言った。

「遅れてすみません」と仲尾は下半身がずぶ濡《ぬ》れになって店に入って来た。

仲尾を寿司屋に誘った理由は、僕がやりたい地域創生の研究に引き込もう、という明確な魂胆があったからだ。

「遅れて申し訳ありません。突然土砂降りの雨が降って来て。診療所で大きめの傘を探してました」

「仲尾琢磨先生、院長内定おめでとうございます。初めはビールでよろしいですか。乾杯しましょう」

「山口アキラ先生、ありがとう。これからは医局の束縛を外れて自分のやりたい医療ができます。定年の六十五歳までは十六年あります。あまり焦らないでジックリと仕事をします」と彼は真面目に答えるとビールを勢いよく飲んだ。

「特上おまかせ料理です」と新鮮な鯛《たい》や鮪の刺身がテーブルに運ばれてきた。

「次もビールでよろしいですか」

「群馬の純米吟醸酒の『水芭蕉《みずばしょう》』もある。日本酒？　それとも焼酎にする？」と僕は尋ねた。

「焼酎黒霧島をロックで」と彼はメニューを見ずに答えた。仲尾は食べる速度が異常に速い。ほとんど噛《か》まずに丸呑みした。焼酎も勢いよくグビグビ飲んだ。

二合目の焼酎を空けた後に、突如彼の長女の話を始めた。

「私は同級生の真弓と結婚して、長女のアンリが生まれた。アンリは病気もせずに、一歳四か月で歩き始めた。でもアンリは、周囲には関心を示さない不思議な感じの子だった。内科専門医の真弓の診断では、運動発達も言語発達も正常だった。だが保母さんの報告では、幼稚園で同い年の子供と一緒に遊ぶのが難しいとのことだった。みんなと一緒には遊べないと。

心配した真弓が、神奈川医大の小児神経専門医に相談した。そこでの診断でも正常範囲だった。発達障害の確定診断を受けたのは、小学四年だった。同級生からは酷いイジメにも遭った。教科書やノートに「アンリの大馬鹿」と下手な字で落書きされた。しかもすべての教科書に大きく書かれていた。

男子生徒から最も酷いイジメに遭ったのは中学生二年だった。それから不登校になった。でも、薬物治療の甲斐があったので、無事に一流進学高校に受かったんだ。だけど一年生の一学期に再び不登校になった」と仲尾は、僕には微塵も警戒心を見せず話に夢中だった。

「本当におねーちゃんはかわいそうだよ。今は本来なら今年高校三年生だけども、一年生の二学期からは全然学校には行けていない。不登校になってもう二年も経つ。勉強の遅れを補うのに英数国は一流の家庭教師を雇った。一か月の家庭教師代が一科目十万円。合計月三十万円も必要だ」と言うと、彼は僕と一瞬だけ視線を合わせた。

彼は脂がのったキンキの握りを噛まずに丸呑みした。真鯛の煮付けは野良猫が食い散らかしたように、身や骨は皿の外へ散らばっていた。彼は顔をリンゴのように真っ赤にして喋り続けた。既に中ジョッキ二杯と焼酎のロックを二杯も飲んでいた。その後もビールを頼んだ。危険な飲み方だ。実に彼はよく喋った。しかし、とうとう呂律《ろれつ》が回らなくなった。彼は僕を注視しようと試みたようだが、焦点が合わなかった。

「山口先生聞いて下さいよ。問題は、おねーちゃんが医者になりたいということですよ。お母さんみたいな立派な医者になりたいと言い始めたんだ。おねーちゃんは頭がいい子だよ。偏差値が七十五もある。だから医学部入学なんて楽勝だ。でもスタートラインに立てないんだ。今のままじゃ大学受験の資格はない」と仲尾は氷しか残っていない焼酎を飲み干そうとした。氷がカタカタと音を立ててテーブルの上を転がった。

第八章

「ホントに女は煩わしい生き物だな。たった二人の看護師でも喧嘩ばかりだ。だから事務長は男が良いよ。部長室へ二人の看護師が入れ代わり立ち代わり、相手の誹謗《ひぼう》中傷に来る。ウンザリだ。だから仲尾先生、有能な男の事務長を連れて来なさい」と鷲津隆司学部長は仲尾に命じた。仲尾は大蔵康介《こうすけ》を推薦した。しかし推薦基準が驚くほど杜撰《ずさん》だった。

「九月一日に事務長として大蔵康介氏が、着任することに決定しました。年齢は三十六歳、独身です。身長は高く痩せています。度の強い黒縁の眼鏡をかけ、髪はキチンと七三に分けていて誠実そうに見えます」と仲尾は、前に勤務した病院の係長、大蔵を紹介した。

この人事も鷲津学部長は、スタッフに一言も相談しなかった。井上と野沢の諍《いさか》いに愛想を尽かしていたからだ。だから独断で採用を強行した。

着任から一週間も経たないうちに、大蔵は看護師たちと事務員鈴木から無能の烙印《らくいん》を押された。原因は、彼の担当したインフルエンザのワクチンの予約手続きがあまりにも不手際だったからだ。

大蔵は前の病院でも全く希薄な存在だった。しかし、彼の年収は六〇〇〇万円もあった。

事務員として長時間労働を厭《いと》わないでこの金額を稼いだ。しかも彼は超過勤務時間の半分しか請求しなかった。

「大蔵事務長は全くダメ人間ですよ。この人とだけは、絶対に関わりたくないわ。そんなことはないと主張する岩切本部長たちも、一緒に仕事をしてみれば解《わか》りますよ。一日一緒に働いただけでも、絶対嫌になるから」と事務長就任の三日後には、鈴木が学部長に強烈な報告をした。それ以後も日課のように大蔵の無能さを訴え続けた。

「とにかく、大蔵事務長と喧嘩しないでくださいよ。虐《いじ》めは絶対にダメです。事務長も仕事に慣れれば上手くいきますから。今しばらくの我慢です」と学部長は説得した。

「鈴木さん、学生のワクチン接種やインフルエンザの注射予約を手際良く行う秘訣を教えてください。どうやら理解力が足りないので、易しく教えてください」

大蔵は鈴木から教えを乞うことに決めた。

「まず、全学科の学生支援センターに連絡し、接種を希望する学生のリストを送付してもらいます。次に、リストから学生のワクチン接種日程を調整します。締め切りを守れない学生も少なくないので、何度も接種日を確認するのがポイントですよ。

次に、一日の接種人数は村田先生の月曜日は、三十人までにしてくださいね。他の日は四十人までです。判らないことは、遠慮なく何度でも私に聞いてくださいね」と鈴木は丁寧に教えた。

「大蔵さん、インフルエンザの予防注射は一〇〇〇人だから大変だね。判らないところは鈴木さんが教えてくれるよ」と僕は助言した。

しかし、ワクチンの予約は、想定以上に困難を極めた。大蔵は特に多数の学科の各担当者と電話連絡することが苦手だった。しかも、大蔵は連絡メールさえ一斉配信した経験がなかった。

「事務長は、指示が来るまで待ち続けるタイプなの。残念ですが、繰り返し教えても理解できないの。事務長は臨機応変な対応が必要なのに、全く不適切な人です。私ならできるんだけど、彼は事務長だから邪魔はしない。大蔵さんの事務能力のないのはすぐに判ったわ。でも私の二倍も給料を貰《もら》っているから、口出しはしないでお手並み拝見することにしたの」と鈴木は彼の無能さを強く批判した。

「彼の予防接種のエクセルファイルなんか酷いものよ。ワードしか使えないの。名前と学籍番号が一行ずれていることや、予約の脱落もよくあるの。しかも入力作業が恐ろしく鈍い」とワクチンの締め切り一か月前の十月初旬には、事務長不要論が全スタッフから噴出した。

大蔵は、赴任初日から鈴木に多くの誤りを指摘された。その会話からは鈴木との上下関係は完全に逆転していた。僕は九月末までのショート・リリーフの院長だから介入しないと決め込んでいた。何とか十一月の初旬にワクチンの予約は完了した。

「ワクチン接種者全員の呼吸音を聴診します」と仲尾院長が新しく提案したことは大騒ぎになった。

「女子学生の呼吸音は全く聞こえないよ。聴診器が壊れているぞ。新しい聴診器を至急購入しなさい」と仲尾は井上看護師に命じた。彼が女子学生の胸に近づいて聴診器を当てようとすると、学生たちは聴診器からさらに遠ざかった。彼が再度真っ赤な顔で聴診器を胸に近づけると、学生はさらに遠ざかるという繰り返しだった。

「新品の高額の聴診器でも呼吸音は聞こえないぞ」と彼は呟き続けた。僅か三十人の聴診だけで三十分以上もかかった。

「仲尾先生も正直に本心を喋ったら、『若い女の子のオッパイが見たい』と。私なら、聴診部位を見たいので、下着を上げなさいと言います」と青木看護師は笑いながら仲尾を揶揄した。

「接種の基本は発熱と体調不良の有無を問診すれば三十秒で済みます。問診で呼吸器疾患が疑われる人だけ聴診しましょう」と言う代務の村田真琴医師の提案でこの大騒ぎは落着した。

仲尾院長が就任して、自由診療の値上げが発表された。

「鷲津学部長との相談で決定しました。インフルエンザワクチン接種料金を五〇〇円値上げして、今年から三〇〇〇円にします。ムンプスやB型肝炎ワクチンなども、自由診療は一律五〇〇円値上げします。本計画で二〇〇万円以上の増収が見込めます」と仲尾が自慢した。しかし、この計画は机上の空論だった。なぜならワクチン接種希望者が値上げに反比例して減少したからだ。

「十月からは診療報酬も、四名の療法士の先生が一日二十単位働くことを提案します。計算上は週五日で四〇〇単位になります。消炎の点数しか請求していなかった高江洲院長時代と比較して、四倍の診療報酬になります」との増収案は、大蔵や鈴木事務員も初耳だった。しかし、理事会での増収案を提出したことで、鷲津学部長は管理能力が高いとの評判になった。

「仲尾先生と井上看護師は、院長が内定した七月から医局に籠って診療所再生の計画を話し合っていました。『患者さんです。診察お願いします』と私が呼んでも診察室に来てくれません。仲尾院長も井上さんも、二人とも診療所の将来構想に夢中です」と野沢は僕に解決を求めた。

「私はセクハラ事件の責任を取って十月三十日に退職します。ワクチンの応援には来ますが常勤ではなくなります。これからは井上なおみさんに大活躍してもらいます。院長と仲良く診療所の発展に尽力してください」と彼女は皮肉った。

「次の看護師さんはどうなるの？」と僕は彼女に聞いた。

「後任は青木ひとみさんに決まりました。青木さんは井上さんの同級生です。看護学科で二人は同じグループで実習や勉強も一緒にしたそうです。青木さんが看護師になった理由は、東日本大震災で大好きだった祖母が亡くなったからだと伺っています。震災の翌年に二十五歳で入学したので、井上さんとは年の差が七つありました。しかし、十八歳だと偽っても、彼女はとても幼く見えます。そんなに年齢差があるとは井上さんも思わなかったようです。

青木さんは卒業後、地元の陸前高田の病院に勤務していました。でも、離婚を契機に再び関東へ来る決心をしました。十一月からの採用予定です」と野沢は青木の話を僕にした。

「山口先生、医局の赤いソファーにご注意くださいね。院長が医局に持ち込んだ安物のオンボロですから。右側の席のスプリングが壊れています。ケガをしないよう気を付けてください」と井上が忠告した。

「修理しないと危ないよ。挨拶の時に左側にもう座ったよ。医局は不用品の捨て場じゃない。仲尾先生に廃棄してもらう」と僕は言った。


「これからは、私を仲尾院長と必ず呼びなさい。仲尾先生ではダメですよ。そして院長の指示は絶対ですよ。まず一番目の指示です。科学的根拠のない理屈で、リハビリ指導は厳禁します。特に、竹田晴彦先生は気を付けてください。『姿勢の悪さが、すべての病気の原因だ』などという独断的な指導はやめなさい」と仲尾は療法士たちを立たせて命令口調で言うと、一番後ろに隠れていた竹田を睨んだ。

「二番目は、重要事項のノルマです。療法士全員が、運動療法や作業療法を一日に二十単位行うことを命じます。一単位二十分で二十単位行えば四〇〇分、つまり六時間四十分。休息や治療計画は残り時間で微調整してください」と仲尾は療法士全員に命令した。

「計算上は四人で一日八十単位になる。全員がノルマを達成できれば、一日リハビリ単独収入は約十五万円、一か月三〇〇万円の収入になります」と力説した。

「三番目は時間を厳守しなさい。例えば五分の遅れは、十人の治療後には一時間もの遅れが出る。さもないと先生たちの休憩時間がなくなります。患者送迎も大きく狂います。運転手さんの負担も考慮してください」と次は時間厳守を強調した。

「時間厳守しないのは仲尾なのに」と僕は苦笑した。強引な命令だったが、療法士からは少しも反発はなかった。三つの命令で診療所収入は着実に増えた。新しい仲尾体制で週一日診療所の手伝いができることに僕は率直に喜んだ。

スタッフ給与と減価償却等を加えると、診療所の年間必要経費は約七〇〇〇万円になる。それなのに保険診療報酬が今は二八〇〇万円しかない。さらに保健外収入を加えても四〇〇〇万円に達しない。

「コミュニケーションをとろう」とメモを見て仲尾が復唱する不思議な光景を、青木看護師は目撃した。

「冗談でも話して、患者さんを和ませてくださいね」との井上看護師のジョークも実行されなかった。

「アーリー・エクスポージャーで優勝した真弓に、コミュニケーション能力を高める相談をすればいいのにとは思う。しかし私にもプライドはある。娘アンリの不登校問題も真弓に押しつけた負い目もある。自分には娘への強い愛情もある。それを上手に表現できないのがもどかしい。院長は孤独なのだ。信頼できる職員は、井上なおみ君だけだ。診療所の将来を考えると思考は停止してしまう」と彼は呟いた。

「この診療所に来る患者は、みんなイシコロだ」は彼の口癖だった。

「診察能力のない医師には、患者がすべてイシコロに見える。しっかり診断すれば新たな病気さえ発見できる」と僕は常に考えている。

「骨粗鬆症の新薬採用は体を張って阻止しました」と十月初旬のある日に、興奮した井上看護師は僕に向かって一方的に話を始めた。

「説明会に参加するスタッフは看護師二名と療法士四名、それに鈴木事務員と仲尾院長の八名ですよ。説明会の残りの四つのお弁当は、いつも院長はお家に持って帰るのです」と鈴木は呆《あき》れ顔で僕に言った。

「院長、一年一回の注射で済む骨粗鬆症新薬は、不採用にしましょうよ。この新薬には重篤な臓器障害が報告されています。ですから当診療所で使用するのはやめましょう」と添付文書を広げ、二人の看護師たちは猛反発した。

「そんなこと気にしていたら、新薬なんか使えないよ。どんな薬にも効果だけでなく、副作用はある。君たちは説明会のお弁当をすでに食べた。だから副作用が重大だから中止しろとは言わせない。君たち看護師は、偏差値の低い私立大学卒業だぞ。私は、偏差値六十五の国立大学医学部卒業だ。だから君たちの意見は聞かないよ。薬品の採用は院長の私が決定する。

青木君は学部長にも採用しないように直訴したらしいな。学部長は、ど素人だぞ。医者でも何でもない奴だ。使いたい薬は、医師で院長である私が採用する」と彼は顔を真っ赤にして叫んだ。

「私の診療態度が酷すぎるとか、患者とコミュニケーションが取れないとか、学部長にクレームしたことは何回も学部長から聞かされた。私をリスペクトする気が君たちにはないのか」とさらに続けた。

「尊敬できない原因は、院長ご自身なのですよ。解決は難しくはないのです。丁寧に患者さんを診察し、結果を易しく説明すればいいのです。仲尾院長には、患者さんへの思い遣りを全然感じません。体の痛みのある部位さえも正確に確認しない。さらに悪いのは全然患者さんの話を聞かないことです。先生には、患者さんの痛みが判らないのですね。痛みの専門家なのに。全員に何枚もレントゲンを撮って、『骨はボロボロです』と不愉快な表現ばかりです。

そして、すべての患者を収入のためにリハビリに回しています。リハビリの具体的な目標も指示もない。これは深刻な問題です。療法士の先生たちは全員困惑されていますよ。私にも青木さんにも患者様から苦情が毎日来ます。山口先生みたいに、丁寧な診断と説明をお願いします。そして、リハビリが本当に必要な患者さんだけにリハビリ処方してください。私たち看護師からもお願いです。リハビリの目的を具体的に判りやすく指示してください」と井上は厳しい口調で言った。

「私の診療が変だと？　それこそパワハラだぞ。学部長からは、間違っているのは私だとは指摘されてはいない。私は院長だ。診療所の物事は、私がすべて決める」と言うと彼は診察室を出て医局に籠ってしまった。


「仲尾院長就任祝賀会」が催されたのは、新薬事件の数日前だった。ＪＲ駅に隣接するホテルの二階の「蓬莱閣《ほうらいかく》」だった。

参加者は山邉理事長、大河内学長、鷲津学部長、岩切本部長、代務医蛯名《えびな》裕子、井上なおみ看護師、森山克則理学療法士、竹田晴彦理学療法士、中野幸作作業療法士、馬場園はな作業療法士と仲尾琢磨院長の合計十一名だった。

僕は就任パーティーを欠席した。僕は内科代務医師蛯名と同格の扱いで、始めは招待者名簿には入っていなかった。突然一週前に招待されたのは都合が悪かった。なぜなら僕は、当日人工膝関節手術を他院で予定していたからだ。

「皆さん、待望の仲尾琢磨院長が就任されました。神奈川医大のホープで、新進気鋭の整形外科医です。ご参加の皆様方のご支援により地域貢献ができる素晴らしい診療所にしてください」との山邉尚美理事長の一声で宴会が始まった。

「診療所の医療収入を増加させる計画案も承認されました。ご協力ありがとうございました。私が六十五歳で定年するまで任期は十六年間もあります。医局の命令で二年ごとに病院を替わる必要もなくなりました。今まで一〇〇〇例以上も手術をしましたから、手術には未練は全くありません。診療所で骨を埋める覚悟で全力を尽くします。ご支援とご鞭撻、よろしくお願いします」と仲尾は挨拶をした。この挨拶文も鷲津学部長が大修正したものだった。

しかし、「鷲津隆司学部長にお世話になりました」という最も肝心な修正箇所が欠如したことを学部長は聞いていて悔しがった。

「赤字の診療所運営にご尽力をお願いします。仲尾琢磨先生、大いに期待していますから。先生は日本酒飲まれますか?」と大河内学長は挨拶を終えて日本酒を注ぎに来た。

「二次会は療法士と五人で診療所の将来構想を語り合います。皆さん、どうも本日はありがとうございました」と仲尾は真っ赤な顔で閉会の挨拶をした。二次会費用として仲尾に三万円の入った袋が渡された。

駅前の居酒屋には客が溢《あふ》れていた。仲尾たちは結局二次会には行かなかったので、彼の手元には費用の全額が残った。

「飲み過ぎで院長は呂律が回らない。最後の挨拶なんか理解不能です。皆さんは良心的に解釈して、院長の醜態はお咎めなしだった」と鈴木は翌日に僕に宴会の惨状を話してくれた。

「もう少し詳しい内容を聞かせてくれないか」と僕は療法士達に尋ねた。

「お膳は野良猫が食い漁ったように醜かった。私たち四人を宴会場で正座させて、『院長を大切しろ、私に従いなさい、さもないと診療所は破滅するぞ』と大声で発言した」と療法士たちは重い口を開いた。


「お久しぶりです、山口アキラ先生。一回目のB型肝炎ワクチン接種に来ました」

見覚えがない一人の女子学生が外来でほほ笑んだ。カルテを見て、やっと緑川ルナだと気付いた。

「全く別人だね。髪がショートで、栗色のウエーブの髪が黒髪のストレートになった。内面も別人になったの?」と僕は優しく尋ねた。彼女の耗弱していた精神は強靱になっていた。スリムな全身にエネルギーが漲《みなぎ》っているのが判った。

「先生、髪が短いの、そんなに変かな?」

「いや、凄く似合うよ」

「がん患者さんに髪をドネーションしたの。これで二回目なの。一年間休学し、春学期に復学しました。母の顔を真っすぐ見て話す勇気は今もないけど、母には心から感謝しています」と彼女は清々《すがすが》しい顔になった。

「人生は自分で切り開ける。失敗を恐れないで行動すれば、目的に必ず辿り着ける。『本当になりたいのは看護師なのか』と何度も自問した。『学業を継続できるか？』、自分をリセットして、毎日規則正しい生活に戻しました。午前六時からの一時間のウォーキングは欠かせません。四か月で鬱から脱出し、気分がとても高揚しました。やる気が湧いて来ました。毎日五時間の勉強が楽しくなりました」と言うと立ち上がった。

「そうそう、ゼミで指導いただいた高江洲盛輔先生は、『千葉看護大学教授になった。ルナ、勉強頑張ってね。でも房総医療大学は正真正銘のブラックな大学だ』と言ってましたよ」

と彼女は手を振りながら診察室のドアを開けた。

第九章

十一月初めの教授会で、僕は診療所での活動を報告する機会があった。

「十月から診療所院長に就任された仲尾琢磨先生は立派な医師です」と鷲津学部長は始めに彼を称えて紹介をした。

「学部長が紹介されましたように仲尾院長の新体制が始まりました。私は週一回火曜日に外来をお手伝いしています。私は膝専門家として四〇〇〇件の人工膝関節手術をしてまいりました。山口アキラとネット検索していただければ〝膝の名医〟に辿り着きます。私に手術を希望される患者さんの手術は、高崎市内の病院で行います。千葉で膝の手術を希望される場合は、千葉医大へ紹介します。診療所で火曜日にはどんな患者さんも診察します。風邪でもケガでもかまいません。是非ご来院ください」と挨拶した。

「連絡です。十一月からインフルエンザの予防接種の予約を開始しました。ご希望の先生は優先的に枠を確保しますので予約ください。職員と学生は三〇〇〇円です。学部長と院長の協議で、申し訳ございませんが経営改善のため昨年より五〇〇円値上げになりました」

と僕が発言すると、小さな騒《ざわ》めきが起きた。

「最後に、仲尾院長は少し問題があります」

　この発言に、教授会に参加していたメンバーの三十数名の鋭い視線が僕に集中したのを感じた。

「なぜなら、仲尾琢磨院長は、患者さんを丁寧に診察しないからです。例えば、膝や腰が痛いと訴えても、話を何も聞かずにレントゲンを撮影するだけです。膝も腰も触りさえしないのです。可動域も測りません。彼は看護師に『可動域なんか見れば解る』と弁解します。しかし、こんな診察では水が溜まっているのか、熱感の有無までは解りません。私の診療は、丁寧かつ正確な診察です。膝に触れて水腫があるか、熱感があるかを診察します。お忙しい先生方への治療は、私なら注射一本で治しますよ」と冗談を言うと、教授たちから笑い声がした。

「私の使命は、理学療法士、作業療法士の地位向上に全力でサポートすることです」と宣言した。これには多くの教授が頷いた。しかし、学部長の逆鱗《げきりん》に触れて、教授会の直後に室に呼び出された。

「山口先生、ご自慢は許します。しかし教授会での仲尾先生への個人攻撃はおやめください。教授会で発言すべき内容ではございませんよ。パワハラ発言になります。先生と私だけで情報を共有していれば済むことです」と学部長は眉を吊《つ》り上げた。

「今後は教授会で同様な発言を許しません。私は仲尾院長の直属の上司ですよ。クレームは教授会で発言する前に必ず私に相談してください。先生は高崎医大教授もされた立派な教育者です。しかし、ここは房総医療大学ですよ。いいですか、私は学部長です。先生の上司なのです。今後は個人攻撃は絶対に許しません。診療所と学部の距離を近づけてきた私の努力が、水泡に帰す行為です」と僕に高圧的に喋った。学部長の個人攻撃だとの断言は、僕の心に怒りの火を点《つ》けた。

「赴任後の一年間は静かにしていてください」との高崎医大の後輩小澤聡講師の助言を忘れ、僕は強く反論した。

「学部長こそパワハラ発言ですよ。学部長は医師ではありません。医師を指導する立場ではありません。あなたには、診療能力の優劣なんか判断できるはずはない。医師である僕の意見を聞くべきです。それに仲尾へ個人攻撃などしていません。客観的事実を言っただけです。彼の診療態度を正確に表現しただけです。学部長は、診療レベルが最低の仲尾をなぜそれほど擁護するのですか。彼の間違った診療は矯正すべきです」

さらに僕は続けた。

「鷲津先生が私立大学医学部助教授だったのは存じています。繰り返しますが、先生は医師でありません。しかも、先生は医学の国家資格を何もお持ちではありません。医師の僕に向かって医療に関する指示は無礼です」と付け加えた。

僕の怒りには伏線があった。四月末に僕が提出した「地域高齢者健康づくり教室」の計画書を彼が審査前に却下したからだ。しかも、再提出さえも拒否された。

「人生は一〇〇年時代です。人生いかに生きるかの再学習は必須です。漫然と時間を過ごすのはいけません。運動習慣と健康維持、コミュニティーと繋がる無形資産を造らねばなりません。高齢者の健康づくりの研究は高崎医大でも行っていました。高崎医大佐久間重信教授が開始された二十年間のＫ町の研究を基盤にしたものです。この大学でも継続を計画しました。本研究は文科省基盤研究Ｂを五回も獲得しました。英語論文数は一五〇編にもなりました」と僕は得意顔で言った。

「とにかく、先生の研究は本学研究条件に不適格なのです。なぜなら、先生の研究計画に教員と学生が参画していません。したがって先生の研究は個人研究となります。本学の研究の特徴は、学生と教員が複数参加して、房総医療大学の発展が期待される研究でないと受理できません。

理学療法学と作業療法学の教授九名で『雲雀ヶ丘地域活性化プログラム』を開始して五年目になります。幾つかの論文も書いています。本学の地域創生の研究をされたいならこのグループにご参加くださるのが早道ですよ」と学部長は僕を指導した。

「この三か月間、私は仲尾君に医師としての基本理念を指導しました。しかし無反応でした。私は三十年間、毎年三十人の新人医師に一番から三十番まで順位付けする役割をしてまいりました。先生には『医者は全員素晴らしい人間』と映るのですか。しかし、学部長は、医師の臨床能力や研究能力を全くご存じありません。人間を治療対象とする臨床教室は、先生が在職した基礎教室とは全くレベルが違います。階級社会なのです。医局在籍者は、高度な臨床能力と研究能力とが同時に強く求められるのです」と僕は反論し、さらに続けた。

「では伺います。教授会で先生が『仲尾院長は立派だ』と誉めた根拠は何でしょうか？今まで彼は英語論文を一編も書いていないのですよ。共著の英文さえありません。国立大学医学部卒だからですか？　でも偏差値が六十五だからという理屈は通用しません。なぜなら生成ＡＩなら一〇〇パーセントの正解ですから。

立派な医師になる条件は入学時の成績ではありません。入学した後の切磋琢磨がより重要です。例えば棒高跳びをギリギリに飛び越した彼のような人間は、より高い記録への到達は望めません。現状のままでは、さらに高いバーをクリアする余力もないからです。

臨床分野の正解は一つとは限りません。本当に面倒臭い分野です。膨大な現象を観察するほど、自分が無知なのを悟ります。知の探求に際限がないと気付いた人間は、頭《こうべ》を垂れ沈黙します」と僕は胸を張って持論を語った。

学部長は一言も反論しなかった。彼は学部長室の西側の窓から、山の端に沈み行く眩しい夕陽を無言で眺めていた。これ以降、僕と学部長との関係は修復困難になった。

十一月に入ると奇妙な事件が始まった。インフルエンザの予防接種の開始時期とほぼ同じだった。

診察室からボールペンが忽然《こつぜん》と消えるようになったのだ。最初は二、三本と本数が少なかった。これを事件と呼ぶにはあまりに大げさだと思った。しかし事態は急転回した。僕はこの二番目の大事件を「ボールペン事件」と呼ぶことにする。

白いテープの上に「リハビリ付属診療所」と書かれたボールペンを持ち出したことは僕もある。ところが、事務員の鈴木がそのボールペンを月曜日に十本補填しても、週末にはすべてが消えた。

「山口アキラ先生。診療所のボールペン持ち出されていませんか」と井上看護師から査察が入った。しかも二回も。僕もボールペンを何本かは補填した。しかし、そのボールペンさえ週末には忽然と消えた。

「仲尾先生の診察日でない火曜日は、ボールペンが全くなくならない。しかし、仲尾先生の診察日はボールペンがなくなる」という単純明瞭な法則を看護師たちは見つけた。二週間の前向き調査でも、この仮説は実証された。仲尾が真犯人だとの糾弾が始まった。

「院長先生、ボールペンを持ち出していません？　十月になってからは週に二十本もなくなるんです」

「私がボールペンを持っていく理由があるんですか？　ボールペンなんて安いし、何本も必要がないよ。一本あれば足りる。疑うなら証拠を示しなさい。山口先生や村田先生だって持ち出しているかも。聞いてごらんよ」とマスクを顎の下にずらした赤ら顔になった仲尾が井上に猛反発した。

「仲尾先生。じゃあ、証明のために先生の医局をすぐに調査させてください」

「いいよ。でも部屋が汚れているから五分だけ待って」

二人の看護師は、医局でボールペンは一本も発見できなかった。

「ほら、ないだろう。山口先生にも確かめてね」と疑いを僕に向けさせた。

看護師たちが医局を査察した後の二週間は、ボールペンの消失がピタッと止まった。しかし、十一月には、一週間に十本のペースでボールペンが再び消え始めた。看護師たちも僕も仲尾の仕業だと確信していた。

「ボールペンを集めてどうするんだろうね。強迫観念でもあるのかな。でも、こんな些細なことで盗人《ぬすっと》呼ばわりされたくないよね」と僕は青木看護師に同意を求めた。

「仲尾先生には盗癖があります。診療所で毎週十本もボールペンがなくなります。何度補充しても追いつきません」と僕は学部長室で事件を初めて報告した。

「仲尾院長に無礼ですよ。山口教授は口を慎みなさい。天下の北陸医大卒の模範的優秀な人間が、ボールペンを盗む必要がありますか。そんなことは絶対にありません。絶対に。無実無根の院長を冒瀆《ぼうとく》するのは名誉棄損ですよ。山口先生、確証がありますか？　今度部長室に来るときは証拠を必ず持って来なさい」と酷い形相での激しい非難だった。

――学部長こそ、幼稚な説教をする偏屈な輩だ。僕には微塵の敬意も示さないのに、仲尾には、天下の北陸医大卒と褒《ほ》めるのは何事だ。医師への鬱屈したコンプレックスの表現だ」とは僕は心で呟いた。

「決定的証拠を集めて来ます」と言って僕は学部長室を飛び出した。


「鷲津隆司学部長は、私立医大生化学講座助教授を二十数年以上していました。本大学への赴任前は、当大学の前身の房総医療専門学校で生理学講義を十年以上もお願いしていました。話し方が情熱的かつ明解で、理解しやすい講義だと学生には大好評でした。鷲津さんは、専門学校の学生だけでなく先生たちからも厚い信頼と尊敬を集めていました」と学長は低い声で言った。

「鷲津さんは、博士論文の執筆を妨害されたと本大学の学部長選考でも弁解しました。自分が主著の論文が、生化学教室の桜井泰三《たいぞう》主任教授や大学院生の論文になってしまったと。鷲津さんが研究者として国内で有名になるにつれて、研究試料も科研費も桜井教授は自分のものだと主張し始めました。桜井教授は筆頭著者《ファースト・オーサー》として鷲津さんが論文を書くことを断固拒否するようになりました。最終的な結着として鷲津さんの一論文を『博士論文』として、桜井教授退職直前に博士号を彼に授与することにした」と二人の関係を大河内学長は明かした。

「生化学教室では、二十年間も桜井教授と鷲津助教授の確執は続きました。なぜなら、PCRによる遺伝子解析能力は、鷲津さんが日本のトップレベルでしたから。桜井教授は、解析をすべて彼に任せてしまったことを悔やんでいました」と学長は話を続けた。

「鷲津隆司助教授には大変感謝しています。『研究成果を全部私が独り占めした』と教授会で噂が流れています。しかし、それは間違いです。助教授の研究は、私が長年収集した資料を分析しただけです。彼には患者からサンプルを集める資格もなかった。さらに研究の独創性もなかった。私が医師として長年かけて収集した貴重なサンプルは、私個人の所有物です」

鷲津学部長は以前、僕を信頼していた時に詳しい話をしたことがあった。

「生化学教室助手の採用時に、桜井教授の前で自分の育った境遇を話しました。自分の実家は代々尾張藩の漢方医でした。子供の頃は医者になるのが宿命と覚悟していました。小学生の時から家庭教師が付いて勉強を教えてくれた。中学生までは、試験勉強をしなくても優秀な成績でした。しかし、高校生になると医者になる気持ちはなくなりました。勉強するのも止めたので、高校二年には成績は最悪で、医学部入学は全く無理だと悟りました。

親の希望で私立医大を三年間受験しました。もちろん結果はすべて不合格でした。滑り止めの薬学部に合格しました。そこで本当にやりたいことを見つけました。それは遺伝子解析でした。微量な試料の遺伝子を増幅するＰＣＲ装置は高価で、日本に僅か十数台しかありませんでした。私は必死にこの装置を駆使できるように日夜奮闘しました」

そう鷲津学部長が打ち明けたのは、僕の房総医療大学への赴任直後だった。まだ僕を全然敵視していないと思えた時期だった。


「ボールペン事件」の決定的証拠は努力しても発見できなかった。相変わらず週に十本のペースで無くなった。そしてインフルエンザワクチン接種計画の終了時期に、診療所では別の深刻な事態が発生していた。

「能力が低い事務長は解雇《クビ》だ」と全員が騒ぎ始めたことだ。インフルエンザの予防注射の予約が完了した時から、大蔵は診療所での居場所を完全になくしていた。彼が着任して僅か二か月しか経過していない十一月末には大事件が迫っていた。僕はこの三番目の大事件を「事務長解任事件」と呼ぶことにする。

「事務長の任命責任は、私にはございません。悪いのはすべて鷲津隆司学部長ですよ。『女はダメだよ。口答えばっかりで役に立たない。男の事務長にしなさい』とおっしゃったから、厳選の末に男の大蔵君を推薦しました。任命責任を私に押しつけるつもりなら、女性蔑視発言で学部長をハラスメント委員会に告発します」と仲尾は怒りで甲高い声を発した。

「事務長を退職させせないと、仲尾先生は任命責任を問われますよ。もし先生に責任があると詰問されたら、『女はダメだと学部長が命令したので、男性の事務長にした』と暴露すれば責任転嫁できる」と僕は仲尾にメールを送った。その時は彼が僕の意図を理解して行動する確信は全くなかった。しかし、メールは予想以上に効果的だった。

「大蔵康介君は無能な人間だから辞めてもらいます。言っておきますが、私には任命責任はございません」と仲尾はすぐさま学部長室に乗り込んだ。

「シナリオ以上の出来だ。責任回避のために、仲尾は想定以上の自律的行動をした」と僕は思った。しかし、そもそも事件の発端が、杜撰な事務長推薦だと自分では気付いていなかった。

「なんだ、大蔵さんの学歴は低いなあ。高卒じゃないか、大卒じゃないぞ。しかも卒業後十五年も同じ病院で働いている。なんて綺麗な履歴書なんだ。高校卒業後の履歴は僅か二行だ。私のように八つも転勤すると履歴書は賑《にぎ》やかになるぞ」と仲尾は、彼の履歴書を見て看護師たちの前で侮辱した。

「大蔵康介さん、事務長を辞めてね」と事務室で仲尾はスタッフの面前で命じた。

「私が診療所に十月初めから常勤しているのを、三か月間非公開にするように頼んだ。ホームページにも診療日を記載しなかったことは感謝している。そもそも、学部長が『女はダメだ。絶対に男の事務長にしろ』と注文したのが元凶だよ。君を事務長に誘ったのは、夜遅くまで真面目に働いている人間には悪人はいないと思ったからだ。

でも、事務長にした途端に『役立たず』と看護師たちや事務員までもがクレームの山になった。診療所は病院とは違う。君の最初の仕事がインフルエンザ予約の時期だったのも運が悪かった。君は本当に善人だよ。だけど、初日から君の事務作業の無能ぶりが、看護師や事務員から私の耳に入って来た。だから私は、事務長には不適格だと判断した」と大蔵に向かって仲尾は説明した。翌日に大蔵は退職希望を本部に申し出た。

「仲尾は頭脳も性格も悪い。人間のクズだ。彼の行為は一見無計画にも見える。しかし、実は知能犯だ。平穏に暮らしていた大蔵さんを混乱に巻き込んだ。同じ医師として君のように善良な市民を翻弄したことは申し訳ない」と僕は彼に頭を下げた。

一月から大蔵は大学教務部に配属になった。鈴木事務員は再度、診療所の事務責任者に戻った。

「大学教務部は診療所と違い臨機応変の対応が求められません。ストレスはなく平穏な日々が送れます。午後八時には帰宅出来ます」

偶然、学生食堂で大蔵に出会った。紺色のスーツに赤いネクタイ姿で、大盛りカレーライスを食べていた。

「まだ確定ではありませんが、四月から新しい病院の事務職への就職が内定しました。嬉しいです。先生が背中を押してくれたおかげです。ありがとうございました」と大蔵は話し始めた。

「就職内定おめでとう。良かったね。随分良い顔になっているよ」と僕は彼の就職を素直に喜んだ。

「今なら何でも話せます。大学教務部への異動の辞令を受けた直後は酷く動揺しました。しかし、今は教務部は学生さんたちの就職などの相談する仕事がとても新鮮です。人生で初めての相談の仕事も嫌いじゃありません。でも、先生のご忠告に従い退職を決断しました。四月には、新しい病院への就職が決まりました。高卒の私が事務長だなんて思い上がりでした。今度も、前と同じ医療事務ですから安心です。

残念ながら、お金を稼いで所帯を持つ夢は叶いませんでした。まだホテルの掃除婦として働いている母親には申し訳ないです」と言った彼の顔には安堵《あんど》が見られた。

「おめでとう大蔵さん。人には向いている仕事と、そうでない仕事がある。君の決断は正しい。仲尾先生が君を騙《だま》して診療所に連れて来たことは、医師として全く申し訳ない。でも自分の好きな医療事務に戻れたのは良かった。きっとお母さんは喜ぶよ。ところで大蔵さん。仲尾先生が、君を事務長に勧誘した本当の理由は何なの？　どうして君が仲尾先生より一か月前に診療所に赴任することになったの？」

「ある夜、事務室にいた私に仲尾先生が話しかけてきました。

『大蔵さんは、遅くまで事務室に居るんだな。この前の送別会の帰りの時もいたな。もう十時過ぎだよ』と仲尾先生に話しかけられたのが初めてでした。

私は答えました。

『不器用だから素早く仕事をするのが苦手です。急ぐとレセプトが間違いだらけになります。独り身ですから、どんなに遅くても心配する人もいません。同居の歳を取った母はいますが、同居といっても私は二階にいます。私は朝早く出勤し帰りも遅いので、平日は食事も母親とは一緒にしません。母に会うのは日曜日だけですよ』

するど驚いたことに、仲尾先生は今まで会話さえ交わしたことがないのに、『事務長にならないか。一緒に働こうよ』と突然誘われたのです。

何でこんな無能な私にと最初は困惑しました。事務長に誘われた理由が本当は何だったのですか。それは聞いていません。でも『私が推薦すれば事務長になれる』と強く勧誘されました。母親にまで話すくらい有頂天になりました」と彼は正直に語った。

「私は、『七月一日に診療所院長に就任したら、この病院で冬のボーナスは貰えない。それは嫌だ。だから赴任は冬のボーナスを満額貰ってからにするぞ。ボーナスは絶対に満額貰うぞ』と仲尾先生は私に吐露しました」

「彼から特別に指示されたことはないの？」

「実はあるんです。仲尾先生は言いました。『秘密命令だ。大蔵さんが事務長になったら、私がこの病院には十一月三十日まで働いていたと証言してほしいんだ。書類上は房総医療大学附属診療所院長には、私は十月一日付けでなる。大蔵さんは一か月前に赴任してくれ。でも十一月三十日までは、附属診療所の院長が私だとは公開しないでほしい。院内掲示にもホームページにも、私が院長である事実が公開されないように監視してほしい。大学の西田優《まさる》情報課長には、ホームページの院長名を公開しないとすでに頼んである」

大蔵は仲尾の計略を全部喋ると、さらに続けた。

「仲尾先生から、『十月からの土日は、この病院の当直や救急当番をする。病院職員には、この病院の常勤職員だとのアリバイを作る。大蔵さんお願いだ。絶対に、この計画は他言無用だ』と何度も念を押されました。でも、山口先生に秘密を話したので重荷は減りました」と彼は言って微かに笑んだ。

「しかし、そんなことは可能なのか？　前の病院の冬のボーナスの支給条件は、十一月三十日に在職すれば満額支給になる規則だ。それには十一月三十日まで二か月間も、前の病院の常勤医としての勤務を偽装する必要があるのだ。そうか、仲尾の病院の有給休暇四十日を逆算した計画だ。二週間、土曜日と日曜日を勤務すれば振替休日が四日となり、彼の計画と僕の計算は完璧に一致する」と結論した。大蔵の告白で、疑問は完全に氷解した。

「驚愕の真実だ。でも、本当にそんなトリックは可能なのか？」

「でも仲尾先生を責めないでくださいよ。先生は二年ごとに病院を転勤されていました。だからボーナスは常に一か月分しかない。以前いたある病院では、あと二週間在職すればボーナスが支給される半月前に転勤を命じられたのを激怒していました」と大蔵は仲尾を弁護した。

仲尾が赴任時期を不正操作したことを岩切本部長に僕は報告した。

「山口アキラ教授、お話は伺いました。しかし有能な人材は、双方の職場に同時に兼業が可能です。当大学でも前例がございます。山口先生、トリックなどと無礼な言葉は慎んでください。仲尾先生のように優秀な人間は、二つの職場の兼務も可能なのです」と岩切は大手銀行出身らしく無難な言い分けを僕にした。

「しかし、これが真実なら、仲尾琢磨は診療所の管理医師にはなれない。他の病院の常勤医なので医籍が二重となり、診療所の管理医師にはなれない」と僕は岩切本部長に真相を問い詰めた。

高江洲が解任された六月三十日からは管理医師が事実上不在だった。岩切は、管理医師を仲尾に変更する手続を怠っていたのだ。

第十章

大河内学長から指示された、気が進まない仲尾の身辺調査を開始したのは十月だった。

日本整形外科学術総会が、横浜のパシフィコホテルで五月末に開催された。僕は神奈川医大の医師三人に、ＪＲ桜木町駅前の歩道橋で偶然遭遇した。

「平山夏彦先生、おはようございます。お元気そうですね。突然ですが教えてください。先生の医局の仲尾琢磨先生の指導医はどなたでしたか？」

「五十嵐潤一先生です。仲尾は六か所の研修病院でボコボコにされました」と三人は異口同音に答えた。

「ボコボコって、どういう意味なのですか」

「ボッコボッコです、ボッコボッコ」と詳しいことは説明しないで、彼らは顔を見合わせると大声で爆笑した。そして僕は後日、五十嵐先生に連絡することにした。

「仲尾琢磨先生の身辺調査を依頼されました。総会で会った平山夏彦先生たちは、仲尾先生は研修医時代にボコボコにされたと爆笑されました。ボコボコの意味が何かを教えてください」と神奈川医大の五十嵐先生にメールしたのは、すでに十月の下旬になっていた。

僕が五十嵐の名前を知ったのは、卒業して六年目だった。日本膝関節学会で前十字靱帯再建法の主題で、大腿骨の骨孔の位置を巡って激論した時だ。それからも五年間も、生意気な二人はお互い攻撃し合った。その後に二人とも前十字靱帯再建術委員会のコアメンバーになった。三年間で靱帯再建術の日本でのコンセンサスを作り上げるまでの仲になった。五十嵐へメールを送って約三週後の十月末に、コペンハーゲン大学のレイフ・スタールバーグ教授から衝撃的なメールが来た。

「山口アキラ教授へ。ベングトから先生を紹介してもらいました。実は先生には一度ビドーア病院でお会いしたことがあります。

先生は変形性関節症患者の保存療法にも強い関心を持っているとベングト・リンドホルム教授から聞きました。インターネットを利用した運動療法を、理学療法士が指導する膝関節と股関節治療プログラムで行い、その有意な有用性を証明できました。およそ十万人の人工関節手術予定患者を対象にしました。プログラムの要点は、第一に患者に対する疾患の教育、第二に運動プログラムを三か月間実施することです。

一年間のフォローアップで膝や股関節の痛みが軽減し、膝関節も股関節もどちらも人工関節手術を八十パーセントも低減できました。ぜひデンマークへお越しください。結果をお見せします。すぐに山口教授とこの結果をお話しがしたいです」と彼は招待メール送ってきた。

僕の留学時にスタールバーグはまだ講師だった。メールを読んで、すぐにでもコペンハーゲンへ飛んで行きたかったが、新しい大学へ赴任したばかりで、休講することは躊躇《ためら》われた。

「良い考えがある。仲尾に留学してもらえばいい。きっと信頼できる医師になれる。そうなれば僕は診療所での立場は安泰だ」

楽観的だった理由は二つある。一つは研究費が潤沢だったこと。後輩に旅費を配分する必要はない。もう一つは鹿児島の筒井信夫先生が来年にコペンハーゲンへの留学が決まっていたことだ。

「房総医療大学の仲尾琢磨院長が三月中旬から三週間、ビドーア病院に留学します。ベングト・リンドホルム教授にも連絡済みです」と筒井信夫先生へ連絡した。

「先生の滞在の件を承知しました。私は家族で留学準備に慌ただしいです。仲尾先生が到着する三月には、コペンハーゲンにはきっと馴染《なじ》んでいます」と返事がすぐに来た。

「仲尾院長の留学は本当に必要なことですか？　それに院長不在中は誰が代わりに診療するのですか？」

学部長は教授会の終了後に僕に勢いよく近寄って来た。

「仲尾先生には診療能力がないと教授会で明言された先生が、留学を世話するのは矛盾ですよ。何か魂胆があるのですか？」

「私の個人研究費の三十万円で留学させます。ホットニュースの関節保存療法の最新知識を研修してもらいます。スタールバーク教授に直接指導を受けることになっています。短期間でも留学で彼は医師として大変身できます」と学部長に反論した。

「大学本部から海外出張の命令を要請された。優秀な人間の私に大学は留学してほしいとの意向です。有能な人間には当然の待遇だ」と仲尾は事実と違った情報を後輩医師たちへ吹聴したようだ。

留学前に幾つかの小問題があった。まずはビドーア病院の手術室の入室の規則で、MRSA検査だ。手術室へ入るには、メチシリン耐性黄色ブドウ球菌の陰性証明書が必要だった。鼻、喉、腋窩《えきか》、陰部の四か所からの検体を検査するものだ。日本で陰性なら、手術室に即日に入室が可能だった。現地で検査も可能だが、その場合は陰性結果が出るまで二日も待機することが必要だ。

仲尾は診療所での検査を希望した。費用は四万八〇〇〇円。しかし、彼は留学の必要経費だと請求書を僕へ回して来た。

問題は続出した。電子ケトルの請求書も診療所に届いた。

「留学用品は自己負担です」と僕が指摘すると業者に返品された。

「スカンジナビア航空の成田からのコペンハーゲン直行便の、エコノミー＋（プラス）を予約をしなさい」と僕は指示した。

「タイ航空バンコク経由コペンハーゲン行きのビジネスクラスを予約しました」と指示に反する予約をした。

「タイ航空は往復運賃が二十五万円と高い。おまけに到着まで二十四時間もかかる。ホテル代も十二万円もする。先生の留学の予算総額は三十万円です。七万円の超過分は自腹になりますよ」と僕は念を押した。

「夕診のバイトが終わってからのフライトを予約しました。航空料金とホテル代合計で三十七万円になりました。超過分は一日のバイト代で払います」

仲尾の金銭管理は狂っていた。足し算ができないのだ。ガイドブックも予算では買えないと判ると図書館で借りた。有効期限が切れたパスポート申請費用も、ラジオ英会話講座のテキスト代も必要経費だと僕に請求した。スーツケースの新調は自己負担と気付いて、井上看護師に借りることにした。

「山口先生はケチだから、英会話のテキスト代さえ出してくれない。これじゃ英会話の練習もできませんよ」と二人の看護師にぼやいた。

「鈴木さん、質問です。留学中の食費は誰が払うの」と留学直前に真顔で仲尾は尋ねた。

「仲尾先生の個人研究費五十万円から払えると山口先生は言ってました。違う話をしてもいいですか？　ごめんなさい、仲尾先生の研究計画書『診療待ち時間を快適に過ごせる研究』を私は見てしまいました。だって外来に放置してあるんだもん。おかげで鈴木さんや青木さんと大笑いできました。だって先生の文章って小学生みたいなの。稚拙な文章ですもの。でも、そもそも診療所の待ち時間にコミックを読む時間なんて全くないですよ。先生の外来は、平均待ち時間はたった三分ですから。連絡して先生が診察室にすぐ来れば待ち時間は一分になる」と、鈴木も二人の看護師に加わって、三人とも大声でゲラゲラと笑った。


三月四日、仲尾は成田からタイ航空で出発した。トランジットでバンコクには六時間滞在し、カストラップ空港に到着した。筒井信夫先生が迎えに行った。

「デンマークに着きました。非常に寒いです」と仲尾からメールが来た。しかし、彼からはその後は連絡はなかった。

彼が留学したビドーア病院は、三十年前には一般病院にリノベーションされた。八十年前に結核隔離病院として創立され、コペンハーゲン郊外にあった。十五年前に心臓外科と整形外科だけに特化したセンター病院になった。

　この病院の整形外科は人工関節手術に特化していて、今では年間三〇〇〇件も行っている。これだけの手術件数でも整形外科医は僅か十二名しかいない。術前と術後管理は内科医が担当しているのはとても羨ましい。この病院は救急病院としてコペンハーゲンの四分の一を担当している。


　仲尾が帰国した。格段に飛躍した彼を僕は待望していた。コペンハーゲンの三月は春の兆しは微塵もなかった。コートと手袋が必須だし、ニューハウンの太陽の眩しさや賑わいは全くない。でも僕は留学の成果を待ち望んでいた。しかし、四月になっても彼から一言の報告もなかった。

「お土産欲しいな。三週間も休んだのに機内で配るナッツが一袋のお土産。こんなのいらないわ」と僕に向かって外来の三人が不平を言った。

「仲尾先生のお土産のビスケットあげる」と、僕はデンマーク製と書いてあるビスケットを外来の引き出しから取り出した。カストラップ空港で三つ一〇〇クローネ、日本円で一五〇〇円の特売品だとはとても言えない。

「ありがとうございます」と井上は上機嫌な声で言ったが、顔はまるで笑っていなかった。

「仲尾先生、スタールバーグ教授から伺った要旨を提出してください。科研費の報告書に追加しますから四月十日までにお願いします」と僕は言った。

「費用に対価な報告書を期待してはいません。感想文でいいです。長寿科学研究の報告書は既に提出済みです」と追加した。

僕は、留学による刺激は、仲尾にどのような反応を起こしたのか、どのように変化したかを早く知りたかった。帰国後五日目に小事件が判明した。

「成田空港から自宅までのタクシー料金請求書が診療所宛てに届きました」と中田五郎総務部長が請求書を持って来た。

「タクシー料金は仲尾先生が払うべきです。留学は二十五万円だとさんざん言いました。今年度の研究費の決算は終了しています。だから今払う費用なんてないよ」

「二万一〇〇〇円の請求書には院長のサインもございます。診療所から支払いをお願いします。山口先生が指示された留学ですから、先生のお支払いでも可能です。診療所の必要経費でも決済できます」と中田総務部長は主張した。

「留学は命令ではありません。自主研修です。診療所には支払い義務はありません。中田さん、タクシー料金は承諾しません。どんな理由でも費用は自腹です」

「決済を戴くまで帰りませんよ」と中田は凄んだ。

「診療所の費用にはしないでください」と僕は言ってタクシー代を自分の財布を取り出して払った。

数日後に大事件が発覚した。仲尾が井上から借りた青色のスーツケースの取っ手が壊れていたのだ。僕はこの四番目の大事件を「スーツケース事件」と呼ぶことにする。

彼は、スーツケースが壊れた経緯を説明さえしなかった。こっそりと診療所の倉庫にスーツケースを隠したのだ。多分、帰国直後の三月末には診療所の倉庫にすでに置かれていた。

「井上さんの青色のスーツケースが壊れています。仲尾院長、至急倉庫に来てください」

と青木は仲尾の腕を掴んで、無理やり破損したスーツケースを確認させた。

「倉庫に隠すなんて最低だわ。しかも、壊したスーツケースを。どうしようと思ったの？酷すぎる。新婚旅行で一回使っただけだから。ちゃんと直して返してね」と駆けつけた井上は怒りをあらわにして仲尾に強く言った。

「取っ手は初めからガタガタしていた。ハッキリ言うと、借りた時から壊れそうだったよ。コペンハーゲンに到着した時には壊れてなかった。鹿児島の筒井先生がスーツケースを運んだからね。その時は『とても重いですね』と言って室まで運んでくれた。でも成田に到着した時には取っ手が壊れていた。作業員が乱暴に投げ飛ばしたに違いない。恨むなら航空会社だよ。私に責任はない。空港で聞くと修理代は有料だと。連絡先はこの紙に書いてある。まだ使うなら連絡してね。私には時間がない。それに面倒も嫌いだ」と彼は連絡先のメモを井上に手渡した。

「仲尾先生を叱ってくださいよ。人のスーツケースを壊しておいて責任を取らないなんて」と井上は僕を見て怒りで厳しい声になった。

「仲尾先生、誠心誠意、井上さんに謝罪しなさい。壊れたスーツケースを倉庫に放置するなんて最低です。子供でもあるまいし。弁償しなさいよ」

「借りた人間に管理責任がありますから。私が貸した時は壊れていませんでした。幼稚な言い訳は絶対に許しません。それに仲尾先生からはスーツケースを貸したお礼も貰っていません」と僕の後ろにいた井上は卑劣な態度を罵《ののし》った。

「ハッキリ言うけど、君たちからは餞別《せんべつ》を貰っていない。だからお土産をあげる義理なんてない。機内サービスのピーナッツが君たちへのお土産だよ。それで十分だろう」

「お土産なんか、これっぽっちも期待していませんよ」との井上の言葉に仲尾は無反応だった。スーツケース事件は、学部長にも直訴されたが、学部長は何も対応しなかった。

「スーツケースは処分します。汚れが酷いの。修理して使う気がしないほど真っ黒なの」

と井上は吐き捨てるように言った。スーツケース事件は、仲尾院長と診療所スタッフとを修復し難い関係にした。

　留学直後も仲尾の診療態度は好転する兆しがなかった。外来診療を終えると、彼は医局室に静かに籠った。会話さえしないスタッフとの疎通はますます困難になった。

「ビドーア病院執刀医の名前は一人も覚えていません。山口先生の友人の、ベングトのファミリーネームも。名前が難しいから答えられません」と簡単な僕の質問にも幼稚すぎる言い訳をした。

「直接指導したのはアミール先生です。判らなかったら筒井信夫先生に聞けばいいのに。センター長のモハメド・アミール博士が説明したはずです」と僕は仲尾の顔を睨んで言った。

「先生は素晴らしい経験をした。ファスト・トラックを経験できた。人工関節手術をたった三日の入院で行う治療体制です。手術の当日早朝七時に入院し、手術をする。麻酔は脊椎麻酔が基本。手術して三時間後には起立歩行する光景を先生は目撃したでしょう？　驚きませんか？　手術三日目の午後に退院します。膝関節でも股関節でもたった三日の入院です。私も先生の神奈川医大も手術二日前に入院して、退院は早くても二週間もかかる」

と言ったが、彼は全く無反応だった。

「ファスト・トラック」見学のため、ビドーア病院を後輩の小澤聡《さとし》助教と九年前の三月に訪問したことを思い出す。この旅行は三日間の弾丸ツアーだった。

「覚えているのは朝が六時と早かったことです。八時間の時差ボケで、眠いのと冬の寒さでブルブル震えながらホテルの玄関前で待っていました。シルバーメタリックの塗装が剥げた古いベンツが玄関に停車しました。中東系の鼻筋が通った褐色の顔の大男が車から降りて来ました。その大男がモハメドだった。筋肉隆々の逞《たくま》しい体格で、黒い瞳には激しいエネルギーが漲っていました」と小澤は鮮明な記憶を話した。

「グ・モルン」

デンマーク語で彼は元気よく挨拶をした。痛いと感じるほどアミールは固く握手した。僕と小澤が後部座席に着くと、助手席にブブカを纏《まと》っている若い女性がいた。病院到着までの約三十分間、女性はずーっと息を凝らしていた。

「学校は楽しいの？」と、沈黙を破って助手席の若い女性に僕は英語で声をかけた。

「そうだ、楽しい。娘は市内のジュニア・ハイスクールに通っている」とアミールが即答したことを僕は思い出した。

早朝七時からの症例検討を終えて、小澤と僕は手術室に入った。

「仲尾先生、もう一度質問します。留学で何を学びましたか？　何か珍しいものを見つけましたか？」と僕は尋ねた。しかし、下を向いて彼は黙ったまま何も答えなかった。

「仲尾先生がカストラップ空港に着いたのは三月六日正午でした。仲尾先生のスーツケースにはエキストラ・ヘビーのラベルが張られて二十六キロとの記載もありました。持ち上げるのが本当に一苦労でした。

『何が入っているのですか？』との私の質問には仲尾先生は何も答えませんでした。

その日は風がない穏やかな日でした。最低気温はマイナス八度、最高気温はプラス一度。私は留学に来て、既に二か月です。挨拶だけはデンマーク語でできます。光線が日増しに強くなって春の訪れを微かに感じます。やっと一人娘も近くの公園に連れていけます。でも先生の推薦されたニューハウンのレストランは四月まで閉店です。残念です。

デンマークへ今度来るときは、絶対に夏にしたいです。日本で購入した防寒具は薄すぎで役に立ちません。メイド・イン・チャイナの分厚いダウンをイケアで一〇〇〇クローネと安く買いました」

筒井信夫先生のメールで仲尾が到着した様子だけは知ることができた。筒井先生からのメールには、ホテルで一緒に撮影した仲尾の時差ぼけの情けない顔写真が添付されていた。

「ミートボールにブルーベリーを付けて食べるという山口先生のご意見は、完全にミスマッチと思っていましたが、仲尾先生も凄くおいしいと言われました。甘いブルーベリーとミートボールは相性がピッタリです」との追伸があった。

第十一章

診療所設立から常勤職員だった森山克則理学療法士、竹田晴彦理学療法士、中野幸作業療法士、馬場園はな作業療法士の四人のうち三名が三月末に一斉に退職する。さらに、三か月後には竹田理学療法士も辞めてしまう。前にも言ったが退職の挨拶をされるまで、僕は療法士たちの退職に全く気付かなかった。僕は、この五番目の大事件を「全療法士退職事件」と呼ぶことにする。

「リハビリに全く関心のない仲尾院長の下では働けない」が四人の最終的な決論だった。既に昨年十月の院長就任祝賀会後の折檻《せっかん》は、退職をさらに確定的にした。その時期に、そんな決断さえ知らない僕は、診療所内の仲尾と看護師たちの融和を図ることに腐心していた。

仲尾がコペンハーゲンに出発した次の週に、療法士が全員で挨拶に来た。先に退職するのは森山、中野、馬場園だった。四月一日からは、竹田晴彦療法士と四月に採用の桜田唯療法士の二人になってしまう。

「僕が診療所で働いたのは、たった九か月間です。長い間お世話になりましたと挨拶されても困るな。辞める理由は虐められたからなの？　院長は留学して不在だから詳しく話してよ」と僕は質問をした。

「いいえ。仲尾院長は医師ですから、私たちに対する威圧的な発言も許容されます。『山口先生のように具体的で明瞭な指示を下さい』との要求も私たちこそ無礼でした。大いに反省しています。

　これからは四名とも別々に就職します。私、森山は看護師をしている姉が訪問看護リハビリセンターを四月から開業します。何年も前から姉から一緒に訪問リハに加わってと誘われていました。でも、私は診療所に愛着と生き甲斐を持っています。でも、決断しました。五年間お世話になりありがとうございました。設立時は患者さんも少なく、集客に大苦労しました。今では懐かしい思い出です。

　四月からは、姉と一緒に看護訪問リハビリテーションで働きます。ありがたいことに私の担当の患者様からもご用命を戴きました。診療所の近くにも訪問します」と森山は恭しく答えた。

「森山さん、ホントは仲尾のパワハラに遭ったの？」と繰り返し質問した。森山だけでなく中野、馬場園も即座に否定した。それ以上の追及を僕はやめた。四人の顔は安堵の表情に変わった。

「彼らは真に紳士淑女です。ですからパワハラは全くなかったと断言します」と鷲津学部長は僕を睨んで威圧的に言った。

「パワハラが全くなかったと断言できるはずがない」と僕は思ったが声には出さなかった。

「仲尾先生は、『レントゲン撮影なんか医者の業務じゃないぞ』と言い出しました。『看護師は医師が撮影ボタンを押すだけに用意しろ。照射野も決めろ』と怒鳴ります。私と青木さんも、レントゲン撮影は看護師も業務外だとそれに反論します」と井上は無謀な要求に対する怒りを学部長にぶつけた。

「お話はお伺いしました」といつものように決まって学部長は応答した。

――話しても何ら対処がないなら、聞かないのと同じことだ。時間の無駄になる。右耳から左耳へ通過させるだけの劣等人間が世の中には少なくない、という事実を僕はこの大学に赴任して初めて知った。

「仲尾は鋭い爪と牙のある獰猛《どうもう》な獣です。何度も何度も引っ掻《か》かれ、噛みつかれ、創口からは真っ赤な血が迸《ほとばし》り、傷には無数の雑菌が侵入して肉体を蝕《むしば》みます。雑菌の強烈な毒素が、容赦なく肉体も精神も腐敗させ、膿《うみ》が体中に充満する。体外に膿を出さなければ体中が膿だらけになる。先生、お願いです。すぐに切開して膿を出して」と井上と青木は悲痛な叫びをあげた。看護師二人の青白い顔はひどく焦燥しているように見えた。

診療所再建を理事長から要請された学部長は、僕に相談しないで再建策を作成した。「まず、山口アキラ先生を真似《まね》て院長の患者予約ノートを作成しなさい」と井上に命令した。仲尾は、多くの患者の診察をしたいと訴えた。診察日が四日もあるので、単純計算すれば僕よりも患者が多くなるはずだ。しかし、僕とトータルでほぼ同数だった。

「次いで、院長は受付に立って患者へ挨拶しなさい」と仲尾に直々《じきじき》の提案をした。だが「お元気ですか」の間が抜けた挨拶には全く気持ちが籠っていなかった。だから患者の心に響かなかった。

仲尾は毎朝八時五十分にカワサキ七五〇ccバイクを駐輪場に止める。診療所裏口から医局に入る。白いズボンとケーシースタイルの上着に着替える。それに白衣を羽織る。八時五十五分に声も出さずに事務室を通過する。学部長の指示に従って、外来受付でちょうど三十分間だけリハビリ患者へ挨拶をする。十時からは医局に籠る。午前中は外来診察を約十名する。

昼食は十二時十分に、冷凍麺を解凍して白いお椀で麺汁をかけて食べる。具は何もない。週四日、一年中同じ白い麺なのだ。立ったまま凄い速度で口に押し込む。昼食は、冷凍庫から取り出して食べ終わるまでは十分とかからない。

医局で着替えて十二時半から五キロ先の家電量販店にバイクで出かける。十三時五十分に医局に戻って白衣に着替える。二時からは患者が来れば診療する。五時ちょうどに医局の鍵を締めバイクで診療所裏口から帰宅する。月曜日だけは、駅前の桜山総合病院で、夕診を午後五時三十分から七時三十分まで行う。毎週、日曜日にはこの病院の当直をした後、翌朝の仲尾は月曜日に診療所に直行する。

仲尾のルーチンは、看護師や運転手から嫌になるほど何度も繰り返し聞いた。

「仲尾院長は、診療所の男子トイレで洗髪と体を清拭するんです。だから月曜日の朝はいつも洗面所の床がビショビショで水浸しだよ。掃除するのがとっても大変だから、濡らすなと叱ってくださいよ」と麦焼酎が大好きな篠原省三運転手が僕に何度も苦情を漏らした。

仲尾が帰国した二日後の三月三十一日に、臨時診療所運営会議が開催された。

「昨年度の診療所収入は暫定額で三九〇〇万円です。院長の私は、緊急課題が診療所の増収なのは承知しています。本日で療法士三名が一斉に退職してしまいます。医療収入が計算上も半減する危機です。私の経営努力が不足しているのではありません。診療所の立地が酷すぎるからです。教授会でも表明しましたが、手っ取り早く集客するには診療所の隣に大手のコンビニを誘致するがベストです」と仲尾は真顔で主張した。

「鷲津学部長にご指導いただきました四月からの増収策を実施します。まず各種ワクチン予防注射や診断書を一律五〇〇円値上げを実施します。年間二〇〇万円の収入が計算では増加します」と、彼は前日に学部長と籠って練り上げた増収案を棒読みした。

「私からも新提案があります。化粧品販売を開始します。美白の化粧品が流行《はや》っています。ヒアルロン酸とコラーゲン配合の本製剤は、二か月僅か六〇〇〇円です。『科学的データで皮膚のメラニンが減少する』と、メーカーから貰《もら》った英語論文に掲載されています。一人が一年で六本、計三万六〇〇〇円で美白効果が得られます。これを診療所で販売します」と仲尾は得意顔で言った。余程の自信があったのだろう、学部長にも診療所スタッフにも化粧品販売の相談はしなかった。

「淑女の皆さん。井上さん、青木さん、新人の桜田さん、そして鈴木さん。お肌がツヤツヤになれます。どうですか。試してみませんか」と彼は燥《はしゃ》いでスタッフ全員に視線を向けた。

「スッピンの顔でもいいよ。美白なんて全く必要ありません。それと、診療所に来る患者の大半は年金生活者です。一体誰が毎月六〇〇〇円もする化粧品を買いますか？」と呆れて僕は発言した。

「モニタリングで無料サンプルを六名に試験しました」と想定内の質問に彼は余裕だった。

仲尾はマスクを外していたので、不揃いに伸びた下顎の無精髭《ぶしょうひげ》が目立った。次の質問をした学部長に対する返答は、衝撃的だった。

「仲尾院長、化粧品販売のご提案ありがとうございます。ところで、一か月の収入増加はどれだけ見込まれますか？」

「お待ちください。えーっと、えーっと」

「収入はどれだけ増加しますか？」

「概算で、一〇〇〇円は儲かります」

「え、たった一〇〇〇円ですか？」と学部長は大声を上げた。出席した全員も驚いた。

「診療所で化粧品を販売するのは邪道ですよ。診療所の増収を真面目に考えないと診療所は閉鎖です。明日から療法士が二名に減少します。単純計算でも患者は半分になる。したがって二〇〇〇万円しか診療所収入はなくなります。全面的にリハビリに依存する仲尾院長の方針を続行すれば医療収入は半分です。近い将来に診療所は閉鎖になります。

仲尾先生の診療行為による単価の引き上げを考えましょう。まず患者のレントゲン撮影だけして、リハビリに回す診療はやめなさい。さらに熟慮して適切な処方をしてください」

と僕は彼の化粧品の提案を一蹴《いっしゅう》した。

「医療収入増加には、王道を進むべきです。患者さんを丁寧に診察して、正しい診断をする。そして正しい治療法を提供して診療所の評判を上げることです」と、静寂になった部屋で僕は正論を主張した。

「学部長として発言します。診療所運営会議での山口アキラ先生は、オブザーバーであることをお忘れにならないでください。発言権はございません。指名されたときだけに発言を許可します。したがって、今の発言は議事録から削除してください」と学部長は僕を遮った。

「もう一つ、診療所閉鎖の強硬発言もありました。よろしいですか、診療所の廃止決定をするのは大学理事会ですよ。診療所の委員会ではございません。唯一理事会だけが診療所廃止を決定できるのです」と学部長は僕の主張を封印した。

「診療所収入の黒字化が五年で達成できない事実で、五月の大学の臨時理事会で私も厳しく非難されました。しかし、最終的に診療所再建案は、この私に一任されました。今後も私は院長を厳格に補佐監督いたします」と発言した。しかし、学部長は小手先だけの自由診療の値上げしか示すことができなかった。

仲尾が学部長の完全な傀儡《かいらい》になったことは、診療所運営会議のメンバー全員が理解した。鷲津学部長が勝手に計画した診療所は、療法士の臨床実習施設として全く機能を果たしていなかった。

「診療所で学生八十名の臨床実習を二か月実施すると、年間一五〇〇万円の実習費が診療所収入になる。この計画は地域住民に対しての社会貢献になると同時に、大学ブランド向上にも繋がる」と学部長と理事長の二人だけが共有する意見は、リハビリテーション学部の教授たちの認識とは大きく乖離《かいり》していた。致命的な計画破綻は、学生実習を指導するスタッフの人員確保と給与も全然考慮されていなかったことだった。

「この診療所では十パーセントの学生の実習をするのがせいぜいです。教育スタッフの充足や学生受け入れのロッカー、図書室のインフラ整備も必須です。そもそもリハビリの教育実習は、通院リハビリだけではなく、急性期および慢性期入院リハビリテーションなど、多くの施設が研修施設となります」と教授たちは、医療の実情に全く無知な学部長の構想に反対した。実際に診療所で実習した昨年度の年間学生はわずか五人だった。

四月初旬は、とにかく仲尾は元気だった。にこやかに眼を見開き、患者の質問に即答するほど活力に満ち溢れていた。留学での過剰な刺激は手足の隅々までにもまだ漲っているようだった。穏やかな笑顔で患者に積極的な診療することを提案した。ここまでは留学の成果だと僕には思えた。診療所の増収を目指して仲尾は診療を始めると思った。

彼の外来に興味深い患者が来た。初めて仲尾が積極的に患者を診察したことを、僕は留学した成果だと喜んだ。しかし、仲尾が信頼していた井上の信頼を完全に失う五番目の事件が起こった。僕はこの大事件を「リウマチ事件」と呼ぶことにする。

「朝、両手がこわばり、両膝が腫れる」と訴えた二十二歳の女性。仲尾はいつものように確定診断に必須の両手や両足、両膝の視診も触診もしなかった。

「はじめまして。院長の仲尾琢磨です。神奈川医大から派遣された整形外科専門医です。大勢の患者さんから頼りにされて来ました。専門はリウマチです。安心して診断と治療をお任せください。視診から関節リウマチが最も疑われます。まず確定診断のために採血します」と言って血液検査を青木に指示し、翌週の来院を予約した。

「リウマチ反応が陽性で、ＭＭＰ－３も高値でした。早期関節リウマチと確定診断しました」と彼は患者に得意そうに笑顔で言った。自分一人でリウマチの確定診断ができたことに、彼は高揚していた。なぜなら、仲尾が自分で診断治療することは許されていなかったからだ。もし本当のリウマチ患者ならすぐに上級医師に取り上げられた。外傷と手術適応のない腰痛と関節痛だけに彼の患者は限られていた。

「関節リウマチです。自己組織に対して、自分自身の免疫機構が攻撃する自己免疫疾患の代表です。バイオという生物学製剤で関節の破壊は確実に防げます。治療はお任せくださ い」と彼は専門医だと元気に自慢した。

「仲尾院長先生、お願いですから千葉リウマチ病院に紹介状を書いてください。この診療所ではリウマチの生物学製剤の治療は初めてです。それに危険を伴います。免疫低下によるカリニ肺炎など重篤な合併症に、診療所では対応ができません」と井上は彼の対応を遮った。

「井上なおみ看護師は黙りなさい。私は院長ですよ。リウマチ専門医だから治療方針を決定します。十年前からリウマチに生物学的製剤の使用経験も多数あります。この薬は関節破壊を抑えて劇的な改善が得られます。もちろん、重篤な副作用には、免疫抑制作用により日和見《ひよりみ》感染などは稀《まれ》にあります。時間外の緊急時には携帯電話で対応します」と女性患者に一時間もかけて治療概略を判りやすく説明したのを、僕は井上から詳しく聞いた。

「長時間、親切で丁寧な説明ありがとうございました。診療所が家から近いので通院が楽です。治療をお任せしようと思います。主人と相談して決めます」と答えた。

「この診療所で安全確実にリウマチの治療ができると断言できますか？　副作用はかなり重篤ですよ」と患者が診察室から退室する前に井上は言った。

「治療開始後、すぐにゴールデン・ウイークになります。緊急時の対応はどうしますか。診療所は休みです。しかも先生の携帯はいつも繋がりませんよ。急変時の連絡のしようもありません」と井上はさらに治療中止までも主張した。

「お願いがあります。診療所では治療をしないように患者さんを説得してくださいね」と井上は僕に深刻な顔をして懇願した。

「関節リウマチのコントロールにはチーム医療が必要です。ですから、この診療所では無理です。初期治療は千葉リウマチ病院の高林正幸先生に紹介します。安定したらお家から近い診療所で治療は継続しようと思います」と僕はその患者に説得した。

「山口先生の越権行為だぞ。私の患者を許可もなく紹介するとは、医師としてモラルもない」と仲尾は激怒して学部長に抗議した。

リウマチ事件の終息後、彼は一転して長い鬱サイクルの中に入った。行動は鈍化し、前にもまして医局へ籠った。リウマチ事件の同一人物とは思えないほど寡黙になった。

「先生、説明が聞こえません。もう一度大きな声でお願いします」と難聴でもない患者に言われた。問診も、看護師も聞き取れないほど声は小さかった。

医局と診察室の距離は十メートルも離れていないが、息を凝らしているのか廊下からは物音は聞こえなかった。医局入り口のガラス窓は紙で全面を覆われていたから、内部は窺《うかが》えなかった。

二週後には、さらに異常事態になった。彼の診療時に看護師たちは不安でいっぱいだったから、僕にも様子を逐一報告した。

「仲尾院長が一つの治療パターンを継続できる期間はせいぜい二週間です。その間の処方はすべて常に同じ薬です。鎮痛薬と胃薬を二週間処方です。しかし、次の二週間後はその薬には全く関心がなくなる。次には違った薬を投与するということの繰り返しです」

「今年の正月明けのことです。井上さんと青木さんが何度も、院長を心配して私に相談に来ました。院長は、留学準備で精神的にも肉体的にもお疲れだと推察しました。仲尾先生自身も『頭が冴《さ》え過ぎて眠れない』とか、『留学の不安で仕事が捗《はかど》らない』と訴えました。一度、私の知り合いの精神科医に相談するようにご提案をしました」と学部長が受診を勧めたと井上から聞いた。

「診断名は何ですか？」と学部長に尋ねた。

「山口先生は医師ですが、診断名は公表できません。学部長の私が承知していれば済むことです。病名は高度な個人情報ですし、私には守秘義務もあります」と答えなかった。

「薬が複数処方された。診断書を根拠に週一回、半日間の自宅安静が指示された」と看護師の二人と青木の話を総合して判明した。

やっと、僕は五十嵐のメールを公開することを決断した。仲尾の留学が決定した十一月下旬にはメールは届いていた。メールが来てから既に五か月も経過していた。

「鷲津隆司学部長、仲尾琢磨先生の研修指導医の評価が届きました。先生へのお知らせが遅れて申し訳ありません。神奈川医大の医局長経験者の五十嵐潤一先生からです。現在は横浜ハーバー病院院長になりました」と学部長にプリントしたメールを渡した。

「まず最後をご覧ください。結論は、さまざまな指導が無効と書かれています」

「これは、五十嵐先生の個人的評価でございます。『自主性がない、計画性がない、進化しない』とは個人の誹謗中傷、個人攻撃そのものですよ。パワハラの典型ですな。

医者である医学部の先生方は、後輩医師の指導法をご存じないようですね。私は今まで学部長として、仲尾先生を非常勤医時代から指導監督してまいりました。今後も適切かつ正しく指導いたします」と彼はメールを読み終える前に大声を発した。

「十月の教授会で私は仲尾院長をご紹介しました。その直後、山口先生は院長を個人攻撃する発言をしました。ここは医学部ではございません。房総医療大学です。先生は一人の教授にしかすぎないのですよ。発言を慎んでください」と怒りで彼の口元は震えていた。

「鷲津学部長、私は先輩医師として仲尾を評価します。一体、どの教授が個人攻撃だと発言されましたか。本意をご本人に確認しますので名前を伺えますか」

「個人情報だから名前は公開できません」と学部長は答えた。

「親愛なる山口アキラ先生へ
五月の横浜での整形外科会学術総会のシンポジウムでお会いしたのが最後ですが、お元気でお過ごしのことと存じます。まず仲尾琢磨先生の報告が遅くなったのをお詫びします。デリケートなことですからメールで返答する案件でないことは承知しています。もう少し猶予があれば、拙文の推敲《すいこう》も可能でした。どうか乱文はお許しください。
私の研修医指導記録には、仲尾のエピソードも数多く記録されていました。一例は、彼に暴言を吐いた患者を殴って逃走した事件とかです。それらを逐一丹念に検証しました。私の仲尾琢磨研修医への指導は、適切だったと結論しました。仲尾は自主性の全く欠如した人間です。研修医を呼ぶとき、普通は『君』を付けて呼びます。しかし酷い態度の研修医は呼び捨てにします」とメールに次の六つの悪評が箇条書きされていた。

第一、仲尾は言われたことを全くしない。私が指導した二十二人の研修医の中では最低評価です。明言すれば、いない方がましな人間です。私は言葉で、彼をボコボコに叩いたことを反省しています。拳で殴って彼を矯正できる確信があれば、ボコボコに殴ったでしょう。
第二、彼は手先が不器用なので外科医として不適格です。整形外科医を続けたいなら論文を書きなさいと指導しました。

第三、稀な症例を一か月以内に論文として纏めるようにすべての資料を渡しました。しかし、三か月経過しても音沙汰はない。パソコンが壊れたとか、両親が病気だとか、遅れた理由をあれこれ説明しました。仲尾を呼び出すと、

『五十嵐潤一副院長、英語で症例報告を投稿させてください』と苦し紛れに言い出しました。『日本語さえ書けない奴が、英文なんか書けるはずはない』と私は怒りました。仲尾を宥《なだ》めながら、二年間で日本語の症例報告を三編投稿させました。

第四、私が指導した研修医たちは、研修二年間で英語論文を一編は書いてくれました。私の大きな喜びです。研修医がいきなり大論文を書くのは無理です。先生もご存知のように医学は範囲が広範なのです。症例を一つずつ丁寧に積み重ねて、論文の書き方（レトリック）を磨くのが常道です。繰り返し論文を書く作業を続ければ、科学的思考も洗練されます。学習すればするほど無知を悟り、さらなる好奇心が知識習得を欲すると、知への好奇心がますます湧いてくるのは人間の本性なのです。

第五、指導した研修医は厳格な指導をしなくても論文を書いてくれます。彼らの成長の証《あかし》は論文です。論文を書く研修医たちに、私は大学院への進学を強く勧めます。しかし仲尾は何もやらなかった。言い訳ばかりする彼には大学院への進学を勧めなかった。

第六、仲尾琢磨医師の総合評価は不可。自主性がない、計画性がない、進化がない人間です。

第十二章

六番目の大事件が発覚した。僕はこの大事件を「無届兼業事件」と呼ぶことにする。病気療養中の仲尾が桜山総合病院で診療していたのを、看護師の井上なおみに目撃されてしまった。

「三歳の長男が、四十一度の発熱があると保育園から連絡が来ました。私は診療所を早退して急いで桜山総合病院小児科に向かいました。ええ、明瞭に覚えています。四月十三日月曜日の午後一時半です。主人の運転で病院に着きました。桜山病院の小児科外来のすぐ隣は整形外科でした。偶然、整形外科外来の担当表に仲尾先生の名前を見つけたのです」

と井上は早口で言った。

「始めは同姓同名かなと思いました。まさか、診療所の仲尾院長本人だとは。だって、四月から月曜日の午後は半日の自宅療養中だったから。私は顔を合わせたくありませんでした。でも、会いたくないときこそ会ってしまうのです。待合の前を先生が横切りました。いつもの皺だらけの白衣でマスクをしています。反射的に、私は立ち上がってお辞儀をしてしまいました。

でも先生は、知らないオバサンだとの顔で通り過ぎました。診療所と違い、私は白衣を着ていないし、化粧をして口紅も塗って髪を下ろしていました。だから私だと認識できなかったんじゃないかな」と彼女は同意を求めた。

そして井上は仲尾を問い詰めた。

「仲尾先生、いいですか、先生自身のアリバイ証明です。四月十三日の月曜日午後一時半、桜山総合病院の小児科外来で先生とお会いしましたよね」

「え、桜山総合病院だって？　人違いだよ。以前は毎週月曜に夕診はしていた。でも先週の月曜日の午後は家で休養していたよ」と彼は驚いた様子で完全否定した。

「井上さんに会った覚えはないよ。いつも見慣れている美人の君を見違えることなんて絶対ない。きっと他人の空似だよ」と彼は強く否定した。

「それは間違いなく仲尾だよ。自宅療養中に勤務するのは信じがたいね。彼は仮病だよ。だけど、本当に、なおみさんが美人すぎるから、認識できなかったのかもね」と僕は井上を揶揄した。

そういえば、僕が仲尾とJR駅前で偶然会った昨年八月と十月の二回とも、彼は僕の顔を全く認識できなかった。しかし、当時は診療所で一回会っただけだから、僕の顔を認識できなくても当たり前と考えていた。でも、これこそ顔貌失認《がんぼうしつにん》だったのだ。

僕はその時はこの事実に気付かなかった。

無届兼業を僕は確信していた。それを証明するために綿密な作戦を練った。

第一の作戦は、彼の毎週月曜日午後の病院勤務実態を検証することだ。

翌週、桜山総合病院の玄関で総務部副部長の岡野翔大《しょうた》と待ち合わせた。まず十二時に仲尾がバイクで診療所から出発するのを確認した。その直後に仲尾が病院にいることを再度確認する作戦だ。まるで探偵ごっこだ。

シナリオどおり僕と岡野副本部長は、桜山総合病院の駐輪場に仲尾のバイクが停車しているのを十二時三十八分に確認した。僕と岡野は、証拠として別々のデジカメでバイクを撮影した。カワサキ七五〇ccバイクで色は白とブルー。ナンバーは習志野み２９５１だ。診療所に停めていたバイクと完全に一致した。

病院待合で、日時を特定可能なテレビ番組をデジカメで撮影した。その日はアイドルグループのＳＭＡＰが解散を発表した日だった。バイクが駐車場にある写真だけでは、彼が病院にいた証明にならない。だから、第二の作戦は、彼が診療を行っているのを直接証明することにした。

「もしもし、桜山総合病院ですか。整形外科の仲尾先生の診察予約をお願いしたいのです。実は、私の母は、房総医療大学附属診療所で仲尾琢磨先生に膝の治療を受けています。手術が怖いと言って、半年以上も手術を拒否していました。しかし激痛が治りません。歩くのが辛いと毎晩泣いています。娘の私も、人工膝関節手術をするなら名医の仲尾琢磨先生にお願いしたいです。とうとう母は手術する決心がつきました。先生から紹介状はまだ貰っていません。受診予約をお願いします。私は休みを月曜日しか取れません。一緒に連れていきたいので、月曜日午後に診察予約は可能ですか」と青木に娘役を演じてもらった。

「了解しました。整形外科受付にお繋ぎします。そのまま切らずにお待ちください」と交換手は言った。

「仲尾琢磨医師と連絡がつきました。ただいま先生は診察中ですので、電話には出られません。自分への紹介だから、紹介状も画像も不要ですと連絡を受けました。初診は、月曜日の二時から五時の間です。もし、来院日がお決まりなら本日でも予約ができます」という案内があった。もし、仲尾自身が直接電話に出たら切迫した状況になっただろう。しかし、その場合には彼が病院で勤務していた直接証明にもなる。作戦は大成功だった。仲尾が月曜日午後に桜山総合病院にいることの証明ができた。

「仲尾は自宅療養をするはずの日に兼業した」との僕と岡野翔大副部長の証拠が理事会に提出された。証拠写真が入ったＵＳＢの提出が求められた。

「仲尾は無許可兼業で解雇の瀬戸際に追い込まれる」と診療所に出入りする非常勤医師の

僕や村田真琴医師はそう信じた。仲尾を擁護した学部長も兼業理由を明確に釈明できなかった。僕は仲尾院長解任を支持したし、解任されるのを確信していた。

「診療所で臨時診療所運営会議を開催する」と六月半ばに岩切浩明本部長が連絡して来た。対面形式で部屋の奥の席に山邉尚美理事長と岩切本部長が座った。入り口の席には僕と村田医師、看護師二名と鈴木事務員が座った。

「無届け兼業は、院長の不安神経症から生じた症状の一部です。彼は厳重注意処分とします。今回の事件はすべて不問とします。今後、診療所スタッフは全員力を合わせて仲尾院長をサポートしてください」と山邉理事長は想定外の発言をするとすぐに退出してしまった。

僕と村田も看護師たちも、想定外の決着に顔を見合わせた。仲尾は理事長室で厳重注意を受けるだけで済んだ。仲尾と診療所スタッフの間に出来た溝は深すぎて、もはや修復は不可能になった。

「ガッカリです。無届け兼業のお咎めが全然ないなんて信じられないわ。しかも、私たちに院長が直接自分で釈明もしないなんて。もう院長と金輪際一緒に働くことは絶対に無理です」と井上は失望の声をあげた。

「療法士たちの退職は採用に苦慮しますな。ハローワークの応募者もいません。なぜ療法士四名が退職することになったかの正当な理由の説明も採用時には必要です。あの病院は酷いとか、良いとかを仲間で情報交換もしますから」と学部長は発言した。しばらく沈黙した後に徐《おもむろ》に口を開いた。

「妙案があります。秘蔵の理学療法士です。私には大切な人です。名前は三輪五月《さつき》さん。卵巣腫瘍で一年間休職しました。しかし、経過は良好で三クールの治療も無事終わりました。三輪さんは山口先生を既にご存じですよ。大学ホームページの教員の似顔絵は、彼女の作品ですから。似顔絵は実物よりハンサムですね。おっと、失言です。

私が昨年出版した理学療法士と作業療法士向けの生理学の教科書の全イラストを、三輪さんにお願いしました。教科書のイラストは全部で約二〇〇枚あります。指示どおりに書いてくれました。彼女は天才的なイラストレーターですよ」と学部長は本棚から教科書を取り出して見せてくれた。パラパラめくったイラストは、柔らかで優しさに満ちていた。

「では本題に入ります」

学部長は姿勢を正して張りのある声になった。

「三輪五月さんの内諾も得られました。来週に面接を予定です。山口先生に面接担当をお願いしたいのです。仲尾院長が審査委員ですが、困ったことに面接しないと言い出しましたから」

「喜んで審査します」と僕は了承した。

「初めまして、整形外科医の山口アキラです。私の似顔絵を美男子に書いていただきありがとうございました。さらに、髪の増毛までしていただきました、多大なるご配慮ありがとうございます。鷺津隆司学部長からは、癌の治療中で休職されていたと伺いました。とてもお元気そうですね。一つだけ重要な質問させてください。現在の体調は万全ですか？」

と僕は尋ねた。

「体調は、まだ万全ではありません。でも、以前と比べてとても元気です。四月に最終クールの化学療法が終わりました。今は抗癌剤の副作用で、貧血と肝機能障害があるので凄く疲れやすいです。しかし、就労時間が八時間なら耐える気力も体力も十分です」と、色白で小柄で痩せた体には不似合いなほど声は弾んでいた。

八月に療法士が一名になる危機は、三輪五月が採用によって回避された。彼女は身体の不調を少しも感じさせず、魅力的な笑顔を振りまいた。

療法士の桜と五月の花の名前の療法士コンビは大好評になった。二人は、競って丁寧かつ親切な治療をした。

しかし、これとは裏腹に、仲尾の活力はますます萎えて来た。朝八時五十分に「おはよう」と小声で事務室を通り抜けることもなくなった。事務室を避けて診療所の裏口からこっそり部屋に入った。

彼が異常でないと主張する鷲津学部長は、人気挽回の行動を次々と仲尾に指示した。朝に事務室の受付に立って患者に挨拶することを再び命じた。

「診療所を創立五年で経営を黒字にします」との目標は、九月一日の創立記念日までの達成が不可能になった。しかし幸運にも、学部長は理事会で責任は追及されなかった。

療法士が二人とも女性になったことで、リハビリの診療報酬だけでなく患者の満足度も大きく向上した。しかし、仲尾が診察する整形外科患者への対応は酷いままだった。十メートルしか離れていない医局なのに電話して呼び出すのが日常的だった。しかも呼んでも彼は応答しないし、十分経っても部屋から出てこない。

彼は新患患者もろくに診察をしないで、レントゲンを何枚も撮影して、すぐにリハビリ室へ回した。新患は一日数人だから、一日の診察時間は二時間もない。

「膝の関節内注射をしてください」と訴えた患者にも誠実に対応はしなかった。

「あなたの希望で治療を決めません。注射は不要です。療法士の先生の指導で四頭筋を強化するリハビリテーションをしましょう」と指示するだけだった。

「仲尾の診療をこれ以上放置すれば、診療所は壊滅します」と僕は山邉理事長に何度も何度も直訴した。

しかし、理事長は一度も応答しなかった。残念だが、この診療所の危機を共有できる人間は大学には誰も存在しなかった。

「仲尾先生は無用です。山口先生の外来日を増やしてください」と看護師たちも請願した。

「七月一日から、山口先生の外来日は火曜日一日から、水曜日と木曜日の午前中の計六時間増やしてください。年収は三〇〇万円だけ増額します」と対応のなかった理事長も渋々了承した。

火曜日一日と水曜日・木曜日の午前中の僕の外来日は患者が待合室に溢れた。結果は顕著だった。それに伴い少なくなかった診療報酬も格段に増加した。

「未解決のボールペン事件の対策を強化する。診察直前にボールペンを配置し、診察終了後に回収する」ことを僕は鈴木に徹底するよう命じた。これでボールペンが消失するのは皆無になった。

「山口先生、ボールペンだけではありません。診療所内の備品や薬品など全てが無くなっています。トイレットペーパー、洗剤、湿布薬、塗り薬、うがい薬もなくなっています」

と井上が新たに、より深刻な発見を報告した。

「ボルタレン坐薬、タミフルも一箱消えています」と青木も報告した。事態はさらにエスカレートして、倉庫のギプス包帯、コルセット、包帯もすっかりと消えてしまった。

「新しいステージの始まりだ。薬と物品の在庫数を毎日さらに正確に点検すること。薬剤や物品の箱にも番号を付けること」と僕は二人の看護師にさらに厳格化を命じた。

「特に仲尾の外来担当日は、ボールペンからも目を離さないように厳重に監視しなさい」と僕は命じた。


「上司は静かに部下の意見を傾聴すべきだ。人は地位が高いから能力があるのではない。能力が優れているから高い地位にいるのだ。地位が高くても、能力がない人は更迭すべきだ。部下でも上司への遠慮は必要ない。ましてや忖度《そんたく》は不要だ」と僕は思う。

「なぜ仲尾はボールペンだけでなく、診療所の物品や薬品を盗むのだろう？　でも仲尾が盗んだ確証はない。元来彼は寡黙で、身体活動も緩慢な人間だ。少ない言葉や行動さえも、今はほとんど静止しているようにさえ見える」と僕は呟いた。

「左耳は全く聴こえない難聴患者様ですので大きな声でお願いします」と青木看護師が診察する前に助言したにもかかわらず、仲尾はわざと小さな声で会話した。

「レントゲン結果を平易な言葉で話して」との要望にも、「背骨がボロボロだ。治しようもないなあ」と患者へのパワハラ発言を頻発した。

「仲尾はＩＱは高いが矮小《わいしょう》な人間だ。院長になる小さな夢は実現させた。今や煩《うるさ》い先輩医師はいない。臆して行動する必要もない。鷲津は学部長だと威張るだけで、頭が悪い人間と断定している。彼の唯一かつ最大の悩みは、自分で積極的な行動規範を見いだせないことだ。

院長になって彼の身体と精神は過度に膨張していった。創造的行動はなくても自己肯定感はある。しかし、彼の身体や魂を繋いでいる接着因子は、身体と精神の膨張に追いつけずに綻び始めた。医師である僕への相談は完全に封印している」と僕は彼に最悪の評価を下した。

病気から回復して元気さを取り戻した三輪五月療法士の採用によって、診療所は再び活気に満ち始めていた。そんな時に七番目の大事件が起きた。僕はこの大事件を「ふくらはぎ事件」と呼ぶことにする。

それは七月になって仲尾は躁と鬱の症状を繰り返していた頃だった。躁の期間は短く、僅か二週間しかなかった。その後の二か月間は長い鬱の期間だった。仲尾の診察は相変わらず酷いものだった。ほとんどの新患の患者は、再度診察には来なかった。二人の看護師たちの不満は爆発寸前だった。

「膝から足首の間に痛みがある患者を、仲尾院長は一〇〇パーセント診断できない」と看護師たちによる仮説検証のゲームが始まった。

「私は、下股のレントゲン診療が完璧です。理由は、患部を診なくても骨に異常がないと患者に説明すれば、納得してもらえるから。骨に異常がないのですね。安心しましたと患者は必ず納得する」と仲尾は自画自賛した。

「しかし困るのは、レントゲンに写らない軟部組織の評価だ。発赤や腫脹、圧痛部位などを総合的に診療しないと診断は困難だ。自分の全感覚を駆使する術を仲尾は修得してなかった」と僕は二人の看護師に仲尾の問題点を説明した。それを聞いて彼がふくらはぎの痛みの原因を特定できないことが二人に知れてしまった。

「仲尾先生の診断能力は山口先生とは雲泥の差ですよ。仲尾先生は、ふくらはぎの痛みの診断はできません」との厳しい仮説を青木は立てた。医師の仲尾にとって最悪の屈辱だ。

検証の第一段階で「ふくらはぎの痛み」の四名の患者を仲尾と僕に二名ずつ配分する計画を立てた。「ふくらはぎの痛み」が主訴で受診する患者は大病院には皆無だ。しかし、この診療所には結構多い。井上と青木は、医療面接、理学所見の取り方、レントゲン読影と総合診断、治療方針を比較することにした。

「三日前から右ふくらはぎの痛みが出現しました。思い当たる原因はありません。歩く時に痛い。階段を下りる時に痛みが強くなります」と患者は訴えた。

「レントゲンでは異常ありません。湿布を処方します」と仲尾は言って診察を終えた。

「ズボンを捲《まく》り上げて、ふくらはぎを診ない。患肢の腫脹や発赤とか圧痛も評価しない」のは僕と全く違う。

「山口先生のように圧痛部位や大腿腫脹の評価をしないから、理学所見は零点です」と彼女たちは判定した。もちろん統計学的には症例数はまったく足りない。

「仮説は証明された」と二人は歓喜した。

「仲尾医師は、脊椎が専門で、ふくらはぎの痛みは専門ではありません。誠にご迷惑をおかけしますが、明日の山口アキラ先生のふくらはぎ専門外来を受診ください」と井上は患者に説明した。

「午前九時、山口医師の外来予約」と書いたメモを患者に手渡した。

「右ふくらはぎの痛み」が主訴の七十四歳の男性が翌日僕の外来を定刻に受診した。

「明朝、看護師たちの不法行為が決行されようとしています。現場に来て一緒に証拠を押さえてください」と仲尾は学部長に連絡した。

仲尾は診療所の前の低い生垣の後ろに身を潜《ひそ》めて、患者の来院を待ち伏せした。連絡を受けた学部長も彼の隣にいた。

電撃的に事件は生じた。診療所の正面入り口から仲尾と学部長が脱兎《だっと》のごとく突進してきた。「ふくらはぎの痛み」の患者の診察を、僕が終了するのとほとんど同時だった。

「仲尾先生の診察を断って、山口医師に回すとは何事ですか。君たちは何を考えているのだ。看護師失格だぞ。仲尾先生の診療妨害は断固許しませんから」と狭い事務室で学部長は看護師に怒鳴った。待っていた次の患者にも聞こえるほどの大声だった。

「君たち二人の看護師の診療妨害は懲戒ものですよ。四月から、仲尾先生が看護師からハラスメントを受け続けているとの相談を何度も受けた。今日こそ明確な証拠を掴みました。この事件は重大事件です。君たちの処分は後で通告するから、覚悟しておきなさい」

「昨日、患者さんをなぜ帰したんだ。事務員の鈴木圭子君も診察拒否に加担しているのか」と仲尾は彼女たちに詰問した。そして、仲尾が突然大声で叫んだ。

「私は管理医師だぞ。この診療所は一体どうなっているんだ。私が無能だと？　しかも何度も何度も繰り返し言っている。君たちは学部長にいつも密告した。もう、うんざりだよ。でもとうとう今日、幸運にも君たちのパワハラの証拠を掴めた。このチャンスを狙っていた。厳重処分を覚悟したまえ」と紅潮した顔で仲尾は看護師二人を睨んだ。二人とも恐怖に震え、その場に固まっていた。

　隣の休憩室のソファーに学部長は看護師達を誘導した。反対側の席に仲尾と学部長が座った。井上と青木は、縄で縛られた囚人のように固まって身動きすらしなかった。

「君たちはナースだろう。診察の補佐役だろう。仲尾先生は国立大学医学部を卒業された優秀な医師ですよ。最大級の敬意を払って対応するのが当然です。ホントに君たちは、何てことをしてくれたんだ」と学部長はさらに激しい口調で罵《ののし》った。

「仲尾先生は立派な整形外科専門医なのに、ふくらはぎの痛みが全然診断できないのですよ」と青木が叫んだ。しばらく沈黙していた井上が弁明した。

「でも、山口先生なら、ふくらはぎの痛みが診断できるんですよ。それが私たちの結論です」と、かぼそい声で青木の発言を補足した。

「私は、怒鳴られるのは慣れていません。怒鳴り声が大きすぎで。怖くて、怖くて。こんな酷い仕打ちは。両親からも、誰からもこんな惨い仕打ちを受けた経験もありません」と青木は両耳を両手で塞いで泣き声に変わった。

　診察を終えるや僕は休憩室に入った。入り口側のソファーには井上と青木が俯《うつむ》いたまま蹲《うずくま》っていた。反対側のソファーはすでに空だった。

「君たちは、もしかして鷲津学部長や仲尾たちの暴言を録音しなかったか？　それをマスコミにでも公開すれば、二人とも即刻クビになる。『某私立大学パワハラ事件』としてスクープになる。学部長も定年退職などと悠長なことでは済まなくなる」

「トンデモありません。恐ろしすぎて録音なんて考えつきません。今考えても全身が強直して動きません」と井上は申し訳なさそうに俯いたまま答えた。

「ホントに残念だ。録音があれば、パワハラの決定的証拠だったのに。悪党の鷲津と仲尾を黙らせることができたのに」と僕は迂闊《うかつ》にも本心を口に出してしまった。彼女たちへの思い遣りが欠如していることに気がついた。

「ふくらはぎ事件」は、看護師二人と仲尾の関係修復を不可能にした。彼らは仲尾と直接会話することがなくなった。ふくらはぎ事件から三日後の金曜日の正午、鷲津学部長が診療所へ息を切らし駆け込んできた。

「診療所再建のため、診療所所長になる命を受けました。診療所は私、鷲津隆司が責任を持って再建します。たった今、山邉尚美理事長から承諾されました」と学部長は僕に顔を近づけて言った。顔にも全身にも喜びが溢れているのを僕は感じた。

「所長になるって？　鷲津さん、何を言っているのですか。診療所長は、医師でなければなりません。そもそも所長とは何ですか」と僕は幼稚な発言を咎めた。彼は答えなかった。

すぐに僕から離れると診療所から飛び出して行った。

「学部長は診療所長になる」と鈴木も看護師たちも学部長の大声を聞いた。僕は学長室へ急いだ。


竹田が退職する七月末になった。「竹田晴彦先生送別会」を僕は予定通り実行した。送別会の真の理由は、閉塞状況を打開し、診療所を活性化することだった。しかし、三週間前の「ふくらはぎ事件」の不味い雰囲気がまだ漂っているタイミングになってしまった。

会場は、脳梗塞で片麻痺患者が経営している館山の老舗旅館にした。運動機能が予想以上に改善したのを感謝して、格安の値段にしてくれたからだ。

竹田療法士、三月末に退職した療法士三名と看護師二名と事務の鈴木だけを僕は招待した。もちろん仲尾と学部長は除外した。このメンバーなら忌憚《きたん》なく宴会ができる。

旅館の一階の中広間が宴会場だった。二十畳の部屋にテーブルと椅子が整然と並んでいた。

「皆様、ようこそ館山黒潮旅館においでくださいました。理論的な機能訓練で主人が奇跡的に回復しましたことを感謝しております。特に退職される竹田晴彦先生にはリハビリを担当いただき大変お世話になりました。中し遅れましたが、私は旅館の女将の中村妙子でございます。最近は膝が悪いお客様が多いので、正座しないテーブル形式をご用意しました。新鮮な海の幸をご準備しました。ごゆっくり料理をお楽しみください」と女将が挨拶した。

「皆さんこんばんは。参加ご予定の皆様は全員お揃いです。それでは竹田晴彦先生の送別会を開始します。司会は健康医療学部の山口アキラが担当します。

大学附属リハビリ診療所に五年四か月も勤務していただきまして、本当にありがとうございました。三月に退職された三人の先生は、残念ながらご欠席です。三人とも新天地でご活躍とのご返事はいただいています。昨年四月から勤務の桜田唯先生と、新人の三輪五月先生にもご参加いただきました。今日は、桜田先生と三輪先生の歓迎会も兼ねています」と僕は開会宣言した。

「長年勤務された竹田晴彦先生、ならびに桜田唯先生と新人の三輪五月先生の御活躍を期待して乾杯しましょう。毎日暑い日が続いています。本日の最高気温は三十二度もありました。喉はもうカラカラです。お手元にあるビールをコップに注いでください。

皆さん、ご準備よろしいでしょうか。それでは、ご唱和願います。乾杯！」

「乾杯！」

真夏の冷えたビールは、のど越しの一杯が最高だ。送別会は賑やかに笑い声から始まった。

「竹田先生。本当は仲尾先生に虐められたの？　内緒だから真実を話して。鷲津学部長もいないから、思ったことを残らず話そうね」と竹田の隣にいた井上なおみは誘導した。

「イエス」の答えを誰もが待望していた。

「皆様にお礼のご挨拶を申し上げます。本日は送別会を開いてもらって、ありがとうございます。私、竹田晴彦は、森山克則先生のお姉様の訪問リハビリセンターにお世話になることにしました。院長が仲尾先生に内定した昨年九月に『来年三月に四人揃って退職しよう』と強く決断しました。

でも私は、優柔不断でした。勤務を継続した理由は狡《ずる》い了見からでした。

『晴くん、大学附属診療所なら倒産する心配はないのよ。大学院を卒業して教員になるのが夢だよね。森山先生と一緒に仕事をするのは大丈夫なの？』と私の母は心配してくれました。訪問リハビリセンターが軌道に乗るかが不安でした。でも、しばらくして順調だと知りました。私は勉強が大嫌いです。大学院の話は、母の言葉に合わせただけで、教員になるつもりはありませんでした。来月から、森山克則先輩にお世話になります。訪問のリハビリに頑張ります。皆さん、本当に長い間ありがとうございました」と彼は誘導尋問には返答しなかった。

「診療所に通院しているリハビリ患者さんは、竹田先生たちへの追加の退職金です。先生たちの訪問介護センターとは共栄共存でいきましょう。もしも森山君の事業が破産したら、竹田先生も診療所で再雇用しますから、遠慮しないで連絡ください」と僕は揶揄《からか》った。

「仲尾先生に酷い目に遭っていたか否か、もう野暮な質問はやめます。仲尾の悪態を酒の肴《さかな》にするのもやめます。美味しい料理もビールも不味くなります。将来の先生方の活躍を期待し、大いに楽しもう」と僕たちは大声で再度乾杯した。

「皆様こんばんは。初めまして、新人の三輪五月です。来週の八月一日から竹田先生と交替して働くことになりました。先週から見習いで診療所に来ています。私は、卒業して十二年にもなります。隣にいる桜田唯さんの三年先輩になります。病気のため一年間休職しました。卵巣癌でオペして、抗がん剤の化学療法も三クールが終わりました。今は経過観察中で比較的元気です。時々腹痛でダウンすることもあります。でもロキソニンを飲めば復活します。

　専門学校だった私の母校が大学になって、さらに附属診療所も出来たことは鷲津隆司先生から何度も聞かされました。診療所の設計は、自分の作品の中でも大傑作だと学部長は何度も自慢されました。このたび、先生のご自慢の診療所で働けるのは大変光栄です。これから一生懸命患者さんのために頑張りますのでよろしくお願いします」と彼女は元気よく挨拶した。

直前に発生した「ふくらはぎ事件」が原因で井上と青木看護師からは笑顔が完全に消えていた。

「皆さんこんばんは。看護師の井上なおみです。幹事の山口先生、私たちまでご招待いただいてありがとうございます。久しぶりに心から笑いました。診療所開設から五年間、一緒に働いて来た四人の療法士の皆さんが、今日で全員退職するのは本当に寂しいです。患者様の送迎問題や治療法などで、療法士の先生方とは激しく言い争うこともありました。時に感情的になったのはごめんなさい。でも、今では懐かしい思い出です」と井上は張りのある声で話を始めた。

「仲尾先生が院長になることが決まり、実は私は嬉しかった。なぜなら仲尾先生は前院長の高江洲先生とは違い、患者さんの治療の相談もできるからです。それに、私は野沢看護師長や学部長から妊娠したことで酷く虐められていましたから。

息子の大河《たいが》は先月、わんぱくな三歳になりました。イヤイヤ期は過ぎた保育園の年少さんです。送別会を開いてもらった竹田晴彦先生が羨ましいです。しかも、会費は全部山口先生のポケットマネーですから最高ですね」と彼女は満面の笑顔で僕を見た。

「もしかしたら、この送別会が私、井上なおみと青木ひとみさんの送別会になるかもしれません」と挨拶を終えた後に彼女は弱々しい声で、僕に向かって囁《ささや》いた。僕がこの発言の真意に気付いたのは、それから一年以上も経ってからだった。

「山口アキラ先生が赴任されて一年三か月経過しました。残念なことに渉猟《しょうりょう》する範囲では、診療所でこの短期間に七名もの常勤職員が退職しています。こんなに一つの職場で退職者があるのは異常事態です。初めは高江洲盛輔先生でした。二番目と三番目は野沢看護師と大蔵事務長、そして四名の療法士です。

十月に仲尾琢磨院長が就任されました。仲尾院長は、積極的な医療行為をしませんでした。院長職だけでなく管理医師も解任すべきでしたが、理事長は決断できませんでした」と大河内学長は言った。そして、少し間を置いて言葉を選びながら続けた。

「仲尾先生との契約は六十五歳の定年までの終身雇用です、と理事長は明言しました。人間は誰でも良いところがあるものです。頭脳明晰《めいせき》な彼に、もう少しだけ立ち直るチャンスを与えたいとも言われました。鷲津さんの生い立ちも、診療所の問題には深く関係していますす」と大河内学長は、僕が鷲津学部長への反感を募らせているのを察して続けた。

「彼の生家は代々尾張藩の漢方医でした。一人息子の鷲津さんは医者になるのが宿命でした。しかし、勉強はしませんでした。結果として、能力がないのにプライドだけが高く、偏屈で高慢な人間になったのです」と学長は深く呼吸して続けた。

「彼は家を継承すべき人間でした。後継者として経済的に困窮していた分家の従妹、つまり今の奥様に白羽の矢が立ちました。彼女は頭脳明晰な女性でした。しかし彼女の実家には私立大学医学部に入学するだけの資産はありませんでした。そこでまず、彼女に医学部入学の援助を約束したのです。

鷲津さんは、薬学部を卒業して、神奈川医大の生化学教室で働き始めました。職位は生化学教室助手です。本人からは、奥様と職場で偶然に知り合ったと伺いました。でも、お二人の結婚は、両親が巧妙に仕組んだものでした。『生化学教室で偶然に出会うシナリオ』はまさに創作劇でした。大学院生になった当時の奥様を、鷲津さんが直接研究を指導するという役割を忠実に演じたのです。しかし、シナリオどおり交際が進んだかどうかは私どもには判りません。

生化学の分析結果に歓喜した鷲津さんは、本心で研究者になろうと決心しました。しかし、自分が分析した成果をファースト・オーサーにしない桜井教授に猛烈に抗議しました。しかし教授は応じません。『学位論文の指導を通して、奥様になられた美智子さんとの運命的な巡り合いこそが、鷲津君の最高の研究成果だ』と桜井教授は諭したのです。以後鷲津さんは抗議することを諦めました」と学長は二人の出会いを語った。

「山口先生、喉が渇きませんか。オープンキャンパスで配ったペットボトルです。『看護師国家試験合格率一〇〇パーセント』と書いてあるでしょう。看護学部長が国試対策に頑張ってくれた成果です」と立ち上がって、紙コップとペットボトルを僕の前テーブルに置いた。

「鷲津家の許嫁《いいなずけ》の第一条件は、彼女へ学費と生活費を全面的に援助することでした。そして彼女の同意があれば、鷲津さんと結婚して家業を継ぐ約束でした。お父様の鷲津巌《いわお》さんは七十五歳で引退する。それ以後は、奥様が医院を継ぐ算段《さんだん》でした。二人が結婚しない場合の最悪のシナリオも想定されていました。『援助した費用の返還を全額請求しない』ことが明記されていました。しかし、引退予定だったお父様はとてもお元気で、今でもバリバリの現役です。週一回のゴルフの腕前も相変らずお上手だそうです。七年前に、ご子息は都内の医大を卒業されました」

僕は話を変えた。

「鷲津学部長は外国旅行がお好きですね。訪問した国が六十四か国だと即答されました。衝撃の数です。僕が赴任前にキャンセルしたニュージーランドの氷河にも、さらにアルプスやアイスランド氷河にも行ったと自慢顔をされました。さらに僕が一番行きたいマチュピチュ遺跡、イグアスの滝、そしてブルゴーニュのワインツアーには二度も参加したと自慢されました。彼の学会参加は、絶対に物見遊山です。なぜなら、世界遺産で学会が開催されるはずはないからです」

「山口先生。先生の名誉のために個人攻撃は慎んでくださいね。学部長の個人研究費は、毎年七十万円もありますから、どのように使用しても問題にはなりません。鷲津夫妻は共同研究者として国際学会に足繁く海外出張された、としか申し上げられません」と学長は厳しい顔をした。

「最初の話に戻ります。鷲津さんが所長になる提案は、理事長からも何も伺っていません。彼が所長になるのは不可能です」

鷲津が診療所長になるという小さな騒ぎは、この後何事もなかったように収束した。


ふくらはぎ事件後の二か月間だけ、看護師たちは僕の外来日にだけに笑顔で働いてくれた。診療所の活性化を企画した僕の計画だった竹田晴彦先生の送別会の効果は全くなかった。仲尾の外来日には、井上と青木は処置室にじっと籠った。仲尾は呼ばれても診察室に来ないのは以前からだった。しかし、今は看護師たちさえ診察室に来なくなった。彼の害毒に完全にやられてしまったのだ。

二人の看護師は処置室をスクリーンで二重に囲って、その中に小さくなって息を潜めていた。診察介助が必要なときは、事務員の鈴木が近くまで行って連絡するという異常事態だった。

「医者の指示を守らない患者は要らない。二度と診療所に来るな」と仲尾は患者を常に叱り飛ばした。

「そんな発言はやめてください。ドクター・ハラスメントですよ。患者さんがかわいそうですよ。しかもすべての処方が九十日間と酷すぎです。こんな診察しかできない先生は、医師失格どころか人間失格ですよ」と井上は彼の顔を睨みつけて言った。

「偏差値の低い看護師は黙ってろ」と彼は顔を真っ赤にして罵倒した。

「おっしゃるとおり看護師の偏差値は低うございます。だけど、偏差値が高い医者が一番偉いわけじゃございません。世の中は、頭がいい医者だけは回りません。介護士だって郵便配達員だって、世の中には必要な職業です。どんな職業にも貴賤《きせん》上下はありません。

私は一人の看護師として誇りをもって申し上げます。看護師は、社会に必須の立派な職業です。悩めるすべての人間を慈しむために、私は看護師になったのです。医師なのに人間を尊重しない仲尾先生とは、金輪際一緒に仕事はしたくありません」と彼女は勇気を振り絞り決別の言葉を発した。

九月十日に八番目の大事件が起きた。僕はこの大事件を「採血ミス事件」と呼ぶことにする。そもそも仲尾が診療所での健康診断を希望したのが発端だった。

青木看護師が僕に小さな声で言った。

「先生お願いです。仲尾先生の採血はご容赦願いたいです。とても恐怖なのです。スーツケース事件があったので、なおみちゃんは拒否しました。『私は嫌です。採血はしない。採血するなら一リットル瀉血《しゃけつ》する』と。彼女が断ったから、私に回って来ました。私も断固拒否します。恨みはありません。でも、心は納得していても、体が拒否するの。腕の筋肉が硬直して骨まで針が貫きそうになる。そんな強迫観念なの。想像するだけで絶対無理です」と泣き声で断った。

僕は青木の言葉を深刻には受け止めていなかった。六年も病院での臨床経験があるから、個人的感情で採血が不可能になることはないと思ったからだ。

「痛い。痛いぞ、青木君。何をするんだ。こんなに太くて隆々とした静脈で失敗するなんて。信じられない。しかも両腕とも失敗するなんて。なんて下手くそな看護師なんだ。君はクビだよ、クビ。もう明日から来なくていいぞ」と彼は青木を罵った。

その言葉どおり、彼女は翌日から診療所に来なかった。数日して「不安神経症」の診断書が郵送されて来た。一週間後には井上も来なくなった。しかも同じ診療所からの同一の病名の診断書だった。

診療所が瀕死《ひんし》だと確信したのは「不安神経症」の診断書が二通提出されたこの日からだ。それまで、僕と二人の看護師は何とか繋がっていると勝手に思い込んでいた。

「緊急に蘇生《そせい》しなければ診療所はご臨終になります。すべての原因は仲尾琢磨ですよ。害毒を垂れ流している元凶の仲尾を排除しないと被害者がさらに続出します。仲尾を解雇しないなら、僕は診療所を辞めます。

それに鷲津学部長も同罪ですよ。狂犬の仲尾に首輪も付けないで、僕たちスタッフの手足や体を彼が自由に噛んでも知らんふりです。仲尾が悪人だと知らないと弁明する学部長も同罪です。このままでは診療所だけでなく大学も潰れます」と僕は強く理事長に解任の決断を迫った。

第十三章

院長解任が九月末に決定した。僕は、この九番目の大事件を「院長解任事件」と呼ぶことにする。

「仲尾琢磨先生の院長職を解任する。代わって山口アキラ先生を院長に任命する」と山邉理事長は十月一日の決定を伝えた。

しかし、喜べない事実があった。仲尾は退職はしないのだ。まだ一年三か月も管理医師として残る。給与は減俸されず、退職金も二〇〇〇万円と決まった。杜撰な診療や無届兼業も完全無罪となった。

「退職を完全拒否する仲尾院長を説得しました。何度も何度も呼び出しました。退職日も退職金も決めた」と学部長は僕に無邪気にこの結果を自慢した。

「看護師が不在なのは診療に大きな支障がある」と、村田医師が理事長に再三抗議した。診療所の堆積した諸問題は、僕を院長にすることでその解決策は丸投げされた。

「山口アキラ先生の診療所再建案は、理事長のニューヨーク出張の前日に全理事にメールを送付して、理事会全員でご検討いただきました」と岩切本部長は僕に報告した。

「山口先生の再建案は、理事会で可決・承認されました。まず先生には院長に就任していただきます。診療所は利益を出せとまでは申しません。これは私の私見でなく、理事長のご意見です。毎年四〇〇〇万円もある赤字を少しでも減らしていただきたい」と岩切本部長は話を続けた。

「先生の外来診察日をとりあえず一日増やしてください。半日ずつ二日でもよろしいです。診察の曜日もご自由です。給与の増額はします。二週後の十月一日からの外来担当をご配慮願います」と相談もなく一方的に伝達した。

この時、僕がこう主張しても話は進まなかったと思う。

「診療所再建案は、仲尾が管理医師として残るのを想定していない。大学の上層部は烏合《うごう》の衆だ。診療所の将来構想はまったくないし、決断は先送りばかりする。決断しても通達は酷く鈍い。今回もそうだ。一年前の高江洲のセクハラ事件も解決策は、黒に近い灰色だった。セクハラ事件当事者に給与を保証して、自宅謹慎の処罰は軽すぎだ。仲尾はさらに罪が重い。しかし、徹底的な真相解明もしないし厳罰さえない。なぜ、害毒を垂れ流す仲尾を即刻解雇しないのか？　僕が院長就任を拒否すれば、診療所は消滅します」

僕は、ただ仲尾を処分しない理由だけを尋ねた。

「仲尾先生を処分できない理由があるんですか。彼は週四日勤務で、六十五歳の定年まで終身雇用契約になっています。神奈川医大からの医師獲得の秘策でした。山邉尚美理事長のご英断で決定されました。ですから、仲尾先生を中途解雇するのは高い訴訟リスクを伴うのです。訴訟リスクを恐れて仲尾先生を解雇しないで、管理医師として残すことにしました」と、岩切は彼が辞めない事情を苦しそうに釈明した。

「でも診療所には、一日多くても二十数人の患者が来院するだけです。二人の整形外科医は不要です。高給取りの彼を解雇すれば、患者とスタッフが被っている害毒だけでなく、診療所の赤字は一挙に解決します」と僕は反論した。

「山口先生、まだ話は終わっていませんよ。最後までもう少し話をお聞きください。代わりに内科を廃止します。六月末で村田先生の契約が満了になります。村田先生の派遣会社には週一回の勤務で年間五〇〇万円も支払っています。内科患者数は一日平均六名しかありません。彼が稼ぐ診療報酬も一日で三万円にもなりません」と岩切は不採算を強調した。

「内科医不在になると重篤な合併症を持つ患者のリハビリは困難になります。内科廃止には断固反対します」と僕は反論した。

「山邉理事長、大河内学長、鷲津学部長の三名は内科廃止に賛同されています。法人本部の決定事項です。仲尾先生も承知されました」

「岩切本部長、医療に無知な素人の診療所ごっこはおやめください。三十年以上も国立大学病院の中枢で働いてきた私の意見を無視するつもりですか。仲尾の解雇を即断さえすれば、年俸の二〇〇〇万円の赤字は確実に減ります。彼が診療所に存在することがマイナスなのです。すべての元凶は大学は秘策を使ってまで彼を院長にしたことです」

岩切は最後まで話を聞かないで無言で部屋から出て行ってしまった。

「山口先生、もう時間切れです。院長就任のご承諾をお願いしますよ。四月一日の院長辞令交付式にご出席もお願いします」と岩切本部長からしばらくして電話が来た。

「苦渋の決断です。院長は引き受けます。ただ一つ条件があります。診療所の運営方針は私に決定させていただきたいです」と僕は言った。

院長に就任した僕は、直ちに仲尾に五項目の命令を下した。一つ目は、医局の開け渡し。医局は院長の室だと主張した学部長も、僕が院長に就任したので干渉はしなかった。

二つ目は、診療所の携帯電話の返還だ。自分の携帯電話を解約して、診療所の携帯電話を私物化していた。さらに通話料金も診療所に全額支払わせていた。

三つ目は、留学前のＭＲＳＡ検査費用の未払い金の請求。四つ目は、立て替えた忘年会費五〇〇〇円の請求。五つ目は、留学経験レポートの提出だった。

四つ目の命令は一番早く解決した。一週間後に皺クシャの五〇〇〇円札が僕に手渡しされた。

「医局のカギと携帯電話を返還しなさい」

「携帯電話は、非常用連絡に必需品です。すぐには返せません」と彼は反論した。

「仲尾君。携帯は附属診療所の所有物ですよ。君の私物ではありません。しかも先生の携帯に何度も緊急連絡しても応答はありません。だから、私も療法士の先生たちも携帯に連絡しませんの」とそれを聞いた鈴木事務員は、厳しい口調で言った。

一方、仲尾からはたびたび僕に電話があった。

「山口院長ですか。仲尾です。急なお願いですが、来週月曜日にお休みを頂けますか。その日、先生に代診をお願いしたいのです。都内のクリニックに娘のアンリを連れて行きます。いつもは、おねーちゃんに付き添うのは真弓ですが、学会出張なので、私が代行します」と休暇を要求する連絡ばかりだった。

「携帯電話が六月初旬のある朝に、事務室の机の上に置いてありました」と鈴木は僕に報告した。しかし、携帯電話の返却で事態は想像以上に深刻になった。というのは、仲尾が携帯を返却したことで彼への連絡手段が完全に途絶えてしまったからだ。

「管理医師の仲尾先生の連絡先が不明なのは、診療所の危機管理に深刻です」と僕は谷口行雄総務部長に連絡した。

「個人情報保護に関するガイドラインに則《のっと》って、仲尾先生から携帯電話の番号を開示して良いかを問い合わせます。それまで、しばらくお待ちください」と返答があった。

しかし、電話番号の通知は彼が退職するまでなかった。僕が催促をしなかった理由は、仲尾に連絡する必要性を感じなかったからだ。しかし、彼は有給休暇の希望日だけは執拗に僕に連絡して来た。使用した電話は、発信元がバレないように代務先の病院か研究室からだった。

岩切本部長がニコニコして僕の部屋にわざわざ報告に来た。

「吉報ですよ。山口院長になられた四月から八月の診療所の収入は、大幅に増加しました。改善理由は三つあります。まず一つ目は、四月から三か月間は仲尾先生も山口院長の指導により真面目に診療されたことです。二つ目は、桜田と三輪療法士が、竹田晴彦療法士が退職した穴を補って、余りあるほど働いたことです。特に三輪療法士は笑顔で患者さんに大人気です。先輩の奮闘に触発され、桜田さんも懸命に働きました。三つ目が最大の理由です。山口先生の患者が激増したことです。先生の外来日は毎日五十名もの患者様が来院されます。一か月の診療報酬が四〇〇万円を超えて、以前の約二倍に増えました」

しかし、すぐに解決するはずの医局の空け渡しは難航した。ゴールデン・ウイーク明けの期日を二回も延期した。厳重な警告にも仲尾は反応しなかった。医局開放は六月三十日と最終通告した。しかし、引っ越しの兆候もなく期限が過ぎた。

「医局開放決行。七月四日午後一時」と僕は医局のドアにＡ４の貼り紙をした。

「短時間かつ最小限にしてくださいね。私物には絶対に手を触れないで」と鷲津学部長は僕と谷口総務部長を呼び付けて厳密な指示をした。

最初に医局へ勢い良く突入したのは谷口だった。そして事務員鈴木が続いた。医局のマスターキーとスペアキーを二本とも仲尾が占有していたので、マスターキーは本部から谷口が持参してきた。

「わー、凄く汚い部屋だ。まるでゴミ捨て場だよ。臭い。甘酸っぱい、何かが腐った臭いがする。部屋は座る場所がないほどに雑誌や書類の山だ」と谷口が鼻を塞いで部屋を飛び出た。

「机の横にグラビア・アイドルの水着写真が貼ってある。これ、セクハラじゃないの」と鈴木は甲高い声を上げた。

「引っ越しの形跡はないね。でも、床に置いてあるこの段ボール箱に埃が全然積もっていない。書類と雑誌を詰め込んだ痕跡はある。だけど、少し詰めてやめたみたい。机にも床にも随分と埃が溜まっているわ。いつも部屋に鍵がかかっているから二年間も掃除をしてない。酷い部屋ね。机の下にも書類やペットボトルや空き缶が転がっている。蛾《が》や蜘蛛《くも》などの虫の死骸も散らばっているわ。辺りは山だから虫がいっぱい。気を付けていても夏は診察室にも虫が来るの」と言って鈴木は部屋の奥へと進んだ。

「こんな書類の山の中では、椅子にも座れない。落ち着いて仕事なんかできないわ。それに床には黒い黴《かび》も生えている。何か腐っているのかな。新鮮な空気を入れて。お願いだから入り口を全開してください」と鈴木は怯えた声を出した。

「物が置かれていない空間は、僅か五十センチ幅の机の右端の部分だけ。椅子に座って、何とか本を広げるだけの極小スペースだ。机の下や後ろにも夥《おびただ》しい医師会雑誌や学会誌が雑に積んである。赤のソファーにも書類や雑誌があるわ」と鈴木は観察できた状況を逐一報告してくれた。

「大きな蜘蛛の死骸があるわ。掃除機を持って来る」と鈴木は飛び出していった。

「なんでこんな小さな部屋に壁掛けの電波時計が二つもあるの？　しかも一つは箱に入ったまま。これは総務部へ持って帰る」と谷口は電波時計の入った未開封の段ボール箱を医局の外へ運んだ。

「そういえば仲尾先生は『診察室のすべての壁に時計とカレンダーがないと不安だ』って言ってたよね。でもそんなに時間が気になるのに、自分の腕時計を持っていないのは不思議だね」と部屋に戻った谷口が言った。

換気扇は止まっていて、澱《よど》んだ空気の甘酸っぱい臭いは部屋に充満したままだった。閉じたブラインドを開けると、真夏の太陽光線が束になって机を照らした。部屋には二人が突入した勢いで無数の塵が空中に勢いよく舞い上がり、光線の束の中でキラキラと光りながら入り口に向かってユックリ動いていくのが見えた。窓の外には、ピンク色の百日紅《さるすべり》の花が風に揺れていた。

「ボールペン三本発見です。これで事件が全面解決しました。全部鈴木さんの字で『リハビリ診療所』と書いてあるよ。ボールペンを失敬するのを仲尾先生は窃盗だと思っていないのかな。最近は、トイレットペーパー、マスク、消毒液、洗剤までも無くなっている。薬も湿布薬やタミフルが無くなるの」と医局を廊下から覗《のぞ》いていた井上が声を出した。

「物品の紛失の話をしても学部長も取り合わない。『君たちの管理が悪い』と非難するだけです。それだけではなく『医学部卒業の秀才仲尾先生が盗みをするはずはない』と怒鳴ります」と鈴木が言った。

「コルセット、ギプス、それに弾力包帯も発見」と、僕は机の下の段ボールを開けて言った。

「決定的証拠です。ボールペンやコルセットは絶対に言い逃れできない証拠品です」と谷口部長は冷静に証拠写真をデジカメで記録した。

「何も触れないように。学部長の指示どおり現状を維持しますよ。電子時計の診療所からの持ち出しだけを許可します」と僕は全員を制止して医局の鍵を閉めた。

仲尾が物置だった管理医師室に移動が完了したのは三日後だった。スタッフによって強制移動された。移動した部屋は物置として使われていて、医局より一回り狭かった。この部屋へ仲尾は院長室から私物と机とコンピューターを運びこんだ。開院時に購入された、段ボールに梱包されたままの新品の冷蔵庫が部屋の隅に置かれていた。外から覗かれていると感じた仲尾は、翌日に入り口の窓を紙で塞いでしまった。部屋には照明が点いていないことも多かった。そんな時は漏れ出る明かりもなく、在室か否かさえも判別できなかった。部屋を一度だけノックしただけでは返事はない。

昼に冷凍のうどんを解凍して食べる姿も全く目撃されなくなった。診察のない日に、仲尾は何をして一日過ごしていたのだろうと僕は思った。房総保健医療大学の最悪の医事法違反は、管理医師の仲尾の所在を誰も確認しようともしなかった残酷すぎる事実だった。

第十四章

三月末になって深い霧がスッキリと晴れる日が訪れた。

「人間らしく仲尾が行動しないのはなぜか？」を探索して濃い霧の中を僕は長い間彷徨《さまよ》い続けていた。精神科医になった三輪郁子のことを思い出して連絡を取った。

バスケットボールの試合中に怪我をして、膝前《ぜん》十《じゅう》字《じ》靭帯《じんたい》再建術をしたのは、彼女が十七歳の時で、当時僕が採用していた再建術を行った代表症例だった。

それは腸脛靭帯を三重に折って、太い靭帯を作る方法で手技は難しいが、強い靭帯を作ることができた。彼女は手術後わずか六か月でバスケット選手として復帰した。大成功の手術《オペ》だった。だから学会で何度も提示した自慢の患者であった。どこかの医大を卒業して精神科医になったと連絡は来ていた。

「三輪郁子さん、お元気ですか？　ご相談があります。症例は空気が読めない四十八歳の男性医師です。北陸医大を卒業した当院の管理医師です。彼は臨機応変の対応が極めて苦手です。毎日毎日、昼食は決まった時間に冷凍うどんを解凍して汁だけをかけて食べるとか、何回も診療所の外で会っても知らん顔です。僕には経験したことがない症例です。スタッフや患者さんとのトラブルが多発しています。診断と対処法のアドバイスをお願いします」とエピソードをメールに添付した。

　驚きの返事が翌日来た。

「アスペルガー症候群です。しかも典型例です。国際疾病分類ＩＣＤの診断基準が変更され、アスペルガー症候群という名称はなくなりました。診断の手引きを添付しますので参考にしてください。私のスキャナーでは文字が一部消えてしまいました。コピーは別送します。外出先で顔を認識できないのは相貌失認《そうぼうしつにん》の可能性があります。英語ではプロソパグノシアと言います。

　ＰＳ：膝の定期検診をサボっている悪いアラフォー患者です。今年八月で、前十字靭帯再建の手術二十一年になります。膝の僅かな可動域制限のために正座ができません。でも膝の痛みは全然ないです。ジョギングもできます。山口先生には大変感謝しています。昨年エジプトの学会でピラミッドの狭い階段も登れました」

　と書いてあった。僕は返事の一字一句を確認して最後まで理解しようとした。大量な国際疾病分類と現在の発達障害の診断手引きもだ。

「発達障害には、確定診断する画像や検査がない。誰でも発達障害の要素を一つは持っている。診断基準を満たせば確定診断になる。しかしグレー部分が多い。仲尾は病名を知っているのか。でも彼は医者だ。僕に病名を通知する義務はあるか。妻真弓や兄秀磨にも知らせるべきか。否、彼らも医者だ」と僕は呟いた。

「琢磨の誹謗中傷は絶対にしない。ストレスの中に喘《あえ》ぐ彼を、救済するためにできる術はないか。傍観せずに治療機会を与えるのは医師の責務だと思う。薬物療法はどうか。しかし、彼に寄り添える医師を探すのは至難だ。そうだ、妻で医師の真弓がいる」と僕は彼女に助言したいと考えた。

仲尾の強直的な対応や注意散漫は、彼の性格からではなかったのだ。アスペルガー症候群だからだ。こころ寿司で「娘は発達障害だ」と告白した時にすぐさま気付くべきだった。留学前から、いくつかの異常行動には強い違和感があった。しかし僕は、彼が乱暴すぎるために看護師が過剰反応したのだと決めつけていた。

「彼が全く決断できないことが、初めに気付いた最大の違和感だった。彼に診療所再建計画の立案などはレベルが高すぎた。提案できない理由を遠慮深い性質だからだ」と僕は勝手に思い込んでいた。

「留学直後はさらに顕著になった。彼には、幾つかの作業を同時に処理することは不可能だったのだ。メモを見て、単純な行動を緩徐に繰り返すことだけができた。鉄道のレールの上を走るように、午前九時ちょうどに診察室の椅子に座って、メモを取り出し、小さな声でメモをブツブツ呟くことは、仲尾に安寧を与えた」と僕は解析した。

　書かれているメモの内容には、井上も青木看護師も興味津々だった。ある日、彼らはメモを盗み見た。メモにはロキソニンとムコスタ、ヒアルロン酸注射、ステロイド注射と常用薬剤の名前だけが書いてあった。

「患者とコミュニケーションを取ろう」ともう一枚の紙には書いてあった。二人の看護師は衝撃で言葉を失った。

　院長になった仲尾は複雑多様な現象に、迅速かつ臨機応変な決断を迫られた。僕には、こう思えた。彼の肉体と精神が徐々に膨張して行った。肉体と精神の接合部が崩壊し、一部の物質は体外へ流出しだした。元の状態への復元は不可能にも見えた。なぜなら散逸した微細な物質こそ、彼が苦労の末に獲得した大切な接着物質だったからだ。

「彼は崩壊し始めている。もはや元の姿に戻すことができない。彼の妻真弓や兄秀磨に相談すべきか?」と迷った。僕が躊躇《ちゅうちょ》している間に不可逆的な状態になってしまう。僕の心の中には短期間に複雑な思いが錯綜《さくそう》した。「診療所の運営についての話し合い」の僕の提案には彼は何の反応もなかった。

　結局何もしないまま時は過ぎた。七月下旬には例年どおり梅雨が明けた。そして、暑い暑い夏がまたやって来た。

「来年の三月で私は定年退職します。それに合わせて問題解決を急ぎました。仲尾先生の管理医師の辞職を承諾させました」と八月初旬に鷲津学部長は彼の退職に成功したことを自慢しに診療所にやって来た。

「仲尾は有罪です。療養中に桜山総合病院で無許可で働きました。さらに杜撰な診療と看護師や療法士などスタッフへの横柄な言動も断罪すべきです」と僕は強く非難した。

「そんなに怖い顔はどうかおやめください。既に退職金二〇〇〇万円で仲尾先生を説得させましたから。民事裁判になり、長期間診療所に居座られるより安くつきます。山邉理事長は私の提案した金額で了承されました。彼の退職願もあります」

「僕はあなたを軽蔑します。今後は『鷲津さん』と呼びます。高江洲も仲尾も、鷲津さんより偏差値が高い医学部卒業です。鷲津さんは薬学部しか卒業していません。しかも、薬剤師免許も取っていない。あなたは学部長の価値もない人間です。『学部長だぞ』と威張り散らしているだけです。教員たちへの数々のハラスメントは絶対に許せません。生化学教室で桜井教授から受けたパワハラの腹いせに高江洲や仲尾も虐めました。卑劣な行為は上に立つものとして言語道断です。あなたには、人に諭す資格は全くありません」と僕は強く非難した。

彼は明らかに驚いた顔になり、何か反論しようとした。しかし、僕を睨んで、手の拳を固く握る仕草をしただけだった。

学部長室の南側の大きな窓からは、柔らかな中秋の日差しが部屋の奥まで差し込んでいた。窓から見える空には雲はなかった。まだ色づいていない広葉樹林が茂っている小高い山の稜線が美しく見えた。


「鷲津さんは何度も仲尾を学部長室に呼んで、退職金も退職時期も理事長にさえ相談しないで独断で決めました。彼は傍若無人の発言を頻発してきました。常に大学のトラブルメーカーでした。協調性のない鷲津さんは、学長の私と悉《ことごと》く対抗しました。いつぞや、学長の私と学部長はどちらが偉いかとか言い出しました。彼の変わった質問に理事会はいつも紛糾しました。多くの理事は、触らぬ神だと関わりを嫌いました。仲尾先生と鷲津学部長の二人の懲戒免職を提案した山口先生には、鷲津さんは強い恐怖を訴えていました」と言って大河内学長は顔をしかめた。

僕は理事長に、仲尾の退職をどう考えているのかを直接質問してみることにした。

「房総医療大学の発展のために、私はすべての案件に尽力しています。附属診療所もその一部です。もちろん仲尾琢磨院長のご希望も十分に勘案しました。鷲津学部長と相談して診療所運営の継続を決定しました。先生と違って、私は争いが大嫌いです。裁判なんかもっと大嫌いです。この事案は仲尾医師の円満退職が決まったので終了にします。半年何もしないで待てば、仲尾先生も学部長もいなくなるのです」と山邉尚美理事長は僕に向かって厳しい視線を向けた。

それから数日後に、内科医師の村田真琴が近づいて来て、僕に話しかけた。

「診療所は閉鎖になりますか？　私が何度も要望した看護師の補充は、全くなされていませんから。山口先生もお気付きと思いますが、仲尾先生はアスペルガー症候群です。医者には少なくない病気です。仲尾先生は、第一印象ですぐに他人に配慮できない人間だと解りました。六年前にこの診療所に紹介した整形外科医の一人が彼です。当然ですが、医師のネガティブな情報をクライアントの大学には申し上げません。仲尾君は非常に問題がある人物との情報もありました。しかし、採用するか否かは大学側の裁量ですから。

先生もご存じのように房総医療大学は、山口先生と仲尾先生は医師として同じ評価なのです。この大学は、仲尾君が院長に推薦されたから立派だとの硬直した観念に縛られています。現状を把握して、柔軟で的確に対応できる人間は皆無なのです」と言うと、額から滴る大粒の汗を彼はハンカチで拭った。

　身長一八二センチ、体重が一〇〇キロ超の巨漢は大量の汗をかいていた。度の強い黒縁の眼鏡は汗で曇っていた。眼鏡の奥の瞳には、不満を吐露した後の安堵の表情が見られた。

「私は東都大学工学部を首席で卒業後に修士課程を修了して、一流企業のシステムエンジニアになりました。すべてが順風満帆の門出でした。初任給も二五〇〇万円ありました。私が担当したのは、今のマイ・ナンバーカードの先駆けです。昭和六十年度に始まった国家プロジェクトで、総務省からの調査・開発費は三年間で十二億円もの予算が付きました。

　当時、日本はGDPが世界二位になり、太陽が昇る超大国でした。それに見合う税金、給与、金融、医療介護、個人消費、教育、エネルギー、社会活動などを、世界で初めて一元的に統括するシステムを開発する巨大プロジェクトでした。本当に夢も希望もある仕事でした」

「欧米でのマイ・ナンバーカードは身分証明だけでなく、同時に税金や医療もカード一枚で管理されています。日本での医療に限定しても、国民総医療費の総額が二十数兆円でしたから、一パーセントの無駄をなくせば二〇〇〇億円もの節約です」と言って彼は椅子から立ち上がった。

「結論から申します。このプロジェクトは、どの分野の一部さえ纏まりませんでした。実に無念なことです。どのようなスキームが、国家には重要かを制度設計する傑出した能力のある政治家も官僚も、学者さえも不在だったのです」

「話題を変えます。山口アキラ先生とは不思議な接点がございます。それに、とても親近感もあります。先生も共同研究された神奈川大学医用工学研究センター長の清水宗太郎教授は、実は私の指導教官でした。大型電算機センターで宇宙ゴミ回収の卒業論文のテーマを清水教授から貰いました。プログラミングは高校生の時から大好きでした。ですから、研究にもストレスは全然感じませんでした」とペットボトルから水を飲んだ。

「システムエンジニアの生活は全く不規則で、朝七時前に出社し、帰宅は夜十時なのはザラです。酷い時は終わるのは午前二時でした。夜に大量に食べるので体重が一二四キロと最悪になった。このままでは本当に死んでしまうと思いました。

悩んだ末、医者になろうと決めました。受験勉強し直して、まず甲府医大に入りました。そして医師免許を取ることが唯一の目標にしました。研修を終了して内科医になりました。神奈川医大の大学院で専門医と博士号を取りました。現在は、妻に医師派遣会社の社長になってもらって、私は社員となりました」と嬉しそうな顔をした。

「山口先生、お願いがあります。ご一緒にお食事にお付き合い願えませんか。美味しいフランス料理店をご紹介します。場所は神楽坂です。JR市ヶ谷駅で下車して、神楽坂を真っすぐ上って行ったところにあります。毘沙門天《びしゃもんてん》の手前で狭い道を入った三軒目の『ラ・コート・ダジュール』という名のレストランです。甥の村田成夫《しげお》がシェフをしています。パリへフランス料理の修業に行くと言っていたのですが、なぜかマルセーユで修業して帰国しました。レストランにはドレスコードはございませんので、気軽に入れます。特に魚介類はお勧めです。舌平目やサーモンなんかは絶品ですよ。先生をご招待したいと思います。よろしければ奥様もご一緒にお越しください。費用はご心配なく。接待費にしますから。もちろん社長の妻の了解は必須ですが」と彼は笑った。

村田真琴はオープンで紳士的だった。彼は僕と同じボールの外側にいる人間だったのだ。村田は医師派遣会社を経営している怪しい人物だと警戒していた自分を恥じた。

神楽坂の急な坂を上り切って、狭い路地を右に曲がった場所に「ラ・コート・ダジュール」はあった。間口は狭く三メートルもない。黒塗りのドアに店名が銀色で小さく書いてある。一文字の大きさが三センチほどしかない。店はカウンター席八つと、奥に一部屋に四人掛けのテーブル席が三つあった。二つのテーブルでは若者が陽気に騒いでいた。一番奥の予約席のテーブルに僕たちは腰を下ろした。

「レストランの看板料理のブイヤベースでよろしいですね。先生は何かお好みのワインがございますか？　なければ日本のワインをお勧めします」と村田は尋ねた。

「料理もワインも先生にお任せします。でも先生が日本ワイン通なんて驚きです」

「あとで理由はご説明します。まずは、日本で最古のワイナリー塩山葡萄園のスパークリングワインで乾杯しましょう。次はいつもの甲州ワインをお願い」とウエイターに告げた。

「まず我々の健康に乾杯しましょう。伊勢志摩サミットにも提供された有名なワインですよ。青リンゴの香りと味がしませんか？」と彼が同意を求めた。

「味はいかがです？　甲州ワインもフランスワインと遜色ないと思いませんか。今は甲州ワインの大ファンですが、医学生時代のワインは全く別物でした。当時はワインが一升瓶に詰めて売られていました。はっきり言ってとても不味かったです」と言うと、彼はゆっくりワイングラスを揺らし香りを嗅いだ。

「甲州ワインは、明治初めに山梨県祝村の青年二人が横浜港から船で出発し、上海、インドのゴアを経由してフランスのマルセーユに到着したことから歴史が始まりました。ヨーロッパまでの船旅は四十日もかかったのです。二人の青年は寝る間も惜しんで一年間、必死にワイン醸造法を習得しました。しかし、彼らは帰国後は冷遇されました。ワインは日本人にすぐには受け入れられなかったのです。

しかし、伝統は脈々と甲州の地に受け継がれました。八〇年代になって日本ワインはやっと日の目を見たのです。今は世界的コンクールで金賞を何度も受賞し、日本でもワインは大ブームです」と彼はワインの歴史を滔々《とうとう》と心地よさそうに語った。

「僕は毎年一回だけボジョレー・ヌーボーを飲む程度です。本当はビール党ですから。日本ワインの歴史は存じ上げません。恥ずかしながら、値段の高いワインが良いワインだと本気で信じていますから」と言いながら、彼の蘊蓄《うんちく》を聞くはめになると覚悟した。

「ワインには限りません。人生万事、何事も持続的に全力で努力を継続すれば世界一になれます。山口先生の新しい人工関節開発を比喩して申し上げています」と僕は想定外の誉め言葉に驚いた。彼は医療を会社組織にして、金儲けを企む悪辣な輩だと決めつけていたからだ。僕への賞賛の言葉に恐縮し、自分の度量の狭さを恥じた。

「レストランの目玉料理はブイヤベースです。完璧には食材は覚えられませんが、カサゴ、ベラ、メバル、伊勢海老、トマト、玉葱《たまねぎ》、ジャガイモなどの野菜をサフラン、ガーリック、オリーブ油などで風味を漬けて煮込むものです」と解説した彼は、たったグラス一杯のワインを飲み干しただけで真っ赤な顔になった。

「ボンジュール。ラ・コート・ダジュールにようこそ。当レストラン自慢の料理をご用意しました。伊勢海老とカサゴの最高の食材が豊洲から本日入荷しました」と村田成夫シェフが挨拶に来た。彼は背が高く色白で痩せていた。スープと煮込んだ魚介類が、美味しい匂いとともにテーブルに運ばれて来た。

「磯の旨味が充満したスープの味は濃厚です。僕は今晩、生まれて初めて本場のブイヤベースを味わっています。初めての味がする。しかし、既に食べたような懐かしい味でもある。カサゴや海老は新鮮で身がプリプリで、歯触りは柔らかすぎず、スパイスやオリーブオイルと抜群に合う」と僕は感想を思いつくまま村田シェフに喋った。

「アンコウが入っているの？」との僕の質問に、村田シェフは僕の目を見て「正解です」と嬉しそうな顔で笑った。伊勢海老もアンコウもスープの出汁殻《だしがら》なんかじゃない。イセエビ殻の中にギッシリ詰まった肉は、適度の歯ごたえがあり美味い。カサゴの柔らかな身にも、スープと野菜と香辛料がしっかり染み込んでいる。スープと魚の身を一緒に口の中に入れると旨味は口の中で広がった。しばし、僕と村田は言葉を交わさないで料理を楽しんだ。

「こんな美味しい料理は、一度食べたら病みつきになりますね。食材が毎日変わったら、飽きは来ません。しかも甲州白ワインとの相性はピッタリです」とシェフを誉めた。

「本日は、ご来店ありがとうございました。叔父から先生のことを優秀な整形外科医だと伺っています。当店自慢の料理とワインをお楽しみいただけましたでしょうか。私が愛したマルセーユのテイストを忠実に再現するため、三年前までは毎年六月の一か月間店を休んで、現地で修業し直していました」と村田シェフは言った。

医療分野とは異なるが、彼が僕と同じ思いで技術を磨いてきたことに強く共感した。

「もうお聞きになっていると思いますが、私は高級フランス料理人を目指してパリへ留学しました。でも、挫折しました。落ちこぼれです。失望でフランスの南部を旅している時、ブイヤベースという漁師料理が存在するのを初めてを知りました。味覚は自分自身の舌で試さなければ解りません。マルセーユは、花の都パリと比べればトンデモない田舎です。でも、生涯忘れられない街になりました。地元の老舗のレストランに無理に頼み込んでの修業です。食材は魚介類と野菜、そしてオリーブや香辛料を材料に合わせて調理するだけです。さまざまな季節の地中海の幸と陸の幸を選んで調理するのです。と言っても、奥が非常に深いのです。食は文化です。私が帰国したあと、開業するために、本店であるラ・コート・ダジュールの店の名の使用許可をお願いしたのですが、それには三年もかかりました」と言って、村田シェフは満足な顔になった。

「心配だったのでしょうね。この神楽坂に、二度もラ・コート・ダジュールのオーナーは足を運んでくれました」と村田シェフは笑いながら言った。

「山口院長、十二月末で診療所から内科は撤退します」と、村田はレストランからの帰り際に俯き加減で、僕に視線を合わせないで言った。しかし、それ以上は何も言わなかった。この一言のためにレストランに誘ってくれたのだと僕は理解した。

出来の悪い仲尾を派遣した謝罪の意味もあったかは不明だった。

第十五章

仲尾が診療所から消える。「四十日間の有給休暇は完全消化します」と彼は予定表を鈴木に手渡した。

「連続休暇にすると、土曜日・日曜日も有給の日数に含まれてしまう。つまり連続休暇にすると一か月と十日で有給休暇はなくなる。しかし、十二月初めから三月三十一日まで、変則的な火・水・木曜日の週三日の半日休みにすることで四十日間の完全消化が可能になってしまう」と、僕は鈴木に説明した。

仲尾は、休暇日を変更する相談を拒絶した。出勤日は診察室から僅か数メートルの距離のドアの内側の、狭い空間に息を潜めていた。そしてひたすら時間が経つのを待ち続けた。悲しいことは、彼がそこにいることには誰もが無関心だったことだ。

「照明も点けず、薄暗い狭い部屋に物音を立てず何を考えているのか？」

二〇〇〇万円の退職金のために一日中部屋に籠るなんて僕にはとても無理だ。

二月になると小さな問題が頻発した。

「仲尾先生が三十分過ぎても診察に来ません」と鈴木から教授室に電話があった。しかも四度も。そのつど僕は診療所まで出かけて診療を済ませた。そして、そのつど僕は彼の部屋のドアを激しくノックした。気配は感じたが応答はない。ドアに耳を当てても物音がしない。診療所裏口には仲尾のバイクは停まっていた。彼が部屋に潜んでいたのは確実だった。

やっと仲尾が退職する三月三十一日は来た。

「掃除して部屋を綺麗にして明け渡しなさい」と鷲津学部長は、自身が退職する一週間前に厳命した。

「部屋をしばらく使用します」と、三月三十一日の朝に彼が鈴木へ電話して来た。しかし、今度は「無断侵入は人権侵害だ」と邪魔した鷲津部長はいない。しかも合鍵は手元にあった。

「鈴木さん、来週四月五日に一緒に部屋に突入しよう」と僕は指示した。

ドアの後ろを、冷蔵庫を梱包してあった段ボールが覆っていた。部屋の中は、七月四日に開放した医局と似てまるで動物の巣だった。段ボールの後ろには、どこからか運び込んだ二つのロッカーがドアと平行に並んでいた。段ボールを右へずらせば、二つのロッカーの間の七十センチの隙間が見える。このスペースでも小柄な仲尾なら出入りが可能だ。

ごみ箱から溢れ出た書類や雑誌が床に散乱していた。一番奥にある机はドアと平行に入り口に向かった配列だった。机へ接近するには冷蔵庫が邪魔だ。椅子は机の後ろにあり、小窓を背にしていた。椅子に腰掛けると、机の上は狭い作業スペースだけを残して雑誌などが五十センチもの高さに積まれていた。

机の後ろの小さな摺《す》りガラスの窓からは、早春の柔らかな光が射していた。小さな塵が舞い上がり、窓からの太陽光線に反射し、キラキラと輝いた机の下に、「診療所」と書いてあるボールペンを五本発見した。冷蔵庫には飲みかけのペットボトルの烏龍茶が一本横たわっていた。

「何なのよ、この部屋は。まるで動物小屋ね。しかも臭いが酷い」と鈴木は鼻を指でつまんで呟いた。

窓の桟には薄く埃が溜まっていた。彼が部屋に残したままのインターネット回線とコンピューターの回収を、僕は情報課へ依頼した。


この大学の人間と僕は、およそ世界観が違う。僕がこの大学へ来たことで、迷い込んだ場所は特定できないが、僕はボールの割れ目の外側から内側の世界へ迷入したと思う。

どうしてボールの外側にいた僕が、ボールの内側に迷い込んだのか？　僕はその場所を特定することを必死に試みた。

「そうだ。仲尾琢磨に初めて会った酷暑の七月一日だ。大学二号館の僕の教授室から診療所に向かう坂道しかない。油蝉が喧《やかま》しくプラタナスの樹に張り付いていた。僕は大量に汗をかいてその坂道を登った。ネットに元気よく絡みついた青紫の朝顔の涼しさを醸し出している緑にトンネルこそ、ボールの内側への出入り口だったのだ」と僕は断定した。

ボールの内側にいた仲尾や鷲津や理事長にも遭遇する羽目になった。僕の世界観は、ボールの外側にいる人間の理論だった。ボールの外側は、能力主義が生む競争や分断に基づく保守的な勝者の発想に支配された世界だ。ボールの内側にいる怠惰な奴らの行動に僕は我慢できず、精進しない人間を叱責し続けた。しかし、努力はムダだった。

それでもボールの外側にいた僕は、自分は運が良かったと考えたことすら皆無だった。僕は、自分が能力の優れた人間だと自惚《うぬぼ》れていた。周囲の人間も惜しげなく賞賛を僕に浴びせ続けてくれた。しかし、ボールの内側では僕も仲尾と同類の偏差値人間だ。でも僕のそれは、彼より格段に高い。競争で選別された僕がいたボールの外側には『偏差値が格段に高い人間』しか存在しなかった」と僕は考えていた。

「『努力が足りないぞ。もっと努力しろ。そうすれば成績は必ずや向上する』と僕は持論を三十年以上も後輩たちに強要して来た。目標に到達できない人間は、努力不足と判定し、排除した。考えれば、狭小な僕の成績万能主義は、社会の分断を深刻にしてきたと強く思う。

偏差値が高い僕には、能力主義こそ楽園だった。僕は地上を歩いてはいなかった。僕は最上階にいた。地上の矮小と決めつけた人間をそこから観察することに慣れてしまっていた。しかし、そうできたのは自分は単に運が良かっただけだ」

と僕は、想像することすらできなかった。

一月中旬に予測さえしない吉報が届いた。その日は、珍しく東京都心でも十三センチの積雪ために高崎始発の新幹線が三十分以上も遅れた。そのために大学に着いたのは十時少し前になった。

「アキラ・ヤマグチを、コペンハーゲン大学ドクター・オナリス・コーザ（名誉医学博士）に任命する。名誉博士号授与式と招待講演の正式招待状が送付されます。二名分の交通費と滞在費も大学から全額支給される」とのベングトからのメールだった。

「コペンハーゲン大学と高崎医科大学との三十年間の共同研究と、大学間の国際交流に尽力した」ことが名誉博士の任命理由だった。僕は五月の名誉博士号授与式に参加することに決めた。

四月一日、僕は診療所院長兼管理医師を命ぜられた。

「山口アキラ先生、本日より先生を院長兼管理医師に任命します。期限は三年間です。何があっても診療所は学生職員と地域住民のために存続させます。先生の任命に時間がかかったのは、理事会で診療所の閉鎖論が優勢だったからです。しかし、私の父が創立した診療所は絶対に閉鎖しません。理事の説得に、とても長い長い時間を要しました」と言って山邉尚美理事長は表情を変えず辞令を交付した。

「診療所運営理念を教えてください。診療所は、大学教育とは全く異なる存在です。診療所に具体的な配慮や理解がなければ、私は高江洲先生や仲尾先生の二の舞となってしまいます。どうかお願いします」と僕は強く尋ねた。

「いいですか山口アキラ教授、大学附属診療所の開設者は私なのです。めんどうな理念は不要です。診療所は存続していれば良いのです。成果は問いませんし、厳格な診療所の目標は不要です。明確に申し上げれば、院長は医師なら誰でも良い。恙《つつが》なく学生教育と地域医療に貢献していただければよろしい。大学の緊縮予算方針は、診療所には適応しません。予算執行は稟議書《りんぎしょ》を提出していただければ結構です」と理事長は不機嫌そうに言った。

「理事長は医療を知らないし、知ろうともしない。スタッフのことなど配慮する気持ちは微塵もない。理事長もボールの内側にいる人間だ。医療レベルについては論ずるまでもない。診療所開設者としては不適だ。また悲劇は繰り返される」と僕は小さな声で呟いた。

僕が房総医療大学に赴任してまだ二年しか経っていない。この短期間に診療所では信じられないほどの多数の大事件が勃発した。高江洲がセクハラ事件で院長を辞めたことが事件の発端だ。セクハラ事件の責任を感じて野沢看護師は早期退職した。前の病院から仲尾が連れて来た事務長の大蔵は全く役に立たなかった。療法士四人は、仲尾が院長に内定した時に退職を決断した。酷い診療を諫《いさ》めて看護師二人も去った。

いつも誰に対しても高圧的だった鷲津は定年で辞めた。しかし、元凶の仲尾琢磨が最後まで残った。仲尾こそ強烈な害毒を診療所中に散布した。もはや診療所には、害毒にやられてしまった井上と青木に代わるパートの看護師二人しかいない。最も僕が信頼している事務員の鈴木は、常勤に採用されないという理由で、六月末に退職を決めた。三輪五月理学療法士も結婚が決まって同じころ仙台に行ってしまう。常勤は桜田唯の一人になる。だから常勤の療法士が至急必要になった。

「診療所開設者は、看護師や療法士を確保する義務がある。先生の義務ではありません」と大河内学長が親切に耳打ちしてくれた。

「大河内学長、ありがとうございました。スタッフの確保は診療所の管理医師の僕には責任がないと聞いて安堵しました」と僕は答えた。

五月末、名誉博士号授与式に出席するために、僕は成田空港の待合室にいた。SASの搭乗を待っていた。携帯電話の着信音が大きく鳴った。

「山口アキラさんの携帯電話ですね。突然の連絡をお許しください。奥様のかおり様から電話番号を伺いました。私は磯貝マリコの母親で、康子と申します。少しだけお時間よろしいでしょうか。お伝えしたいことがございます。

マリコが前橋市立南部小学校四年生の転校生になってから、五十年以上の年月が経ちました。アキラさんは、ご立派なお医者様になられたのは存じています。マリコはパリの大学を卒業して夢だった外交官になり、中欧六か国の書記官を歴任しました。

お伝えしたいのは、ボスニアの内戦で地雷による怪我が原因でマリコが亡くなったことです。『南部小学校卒後五十年を祝う会』の案内状が来た時には、この世に彼女はもういませんでした。美代子様にマリコが外交官になったことだけは連絡しました。マリコが『アキラ君へ』と書いた手紙とペンダントをお宅へ本日お送りしました。マリコが工場を訪問した時にアキラさんから貰った歯車をペンダントにして大切にしていました。『アキラさんに返して』と書いてあります」と言ってマリコの母からの電話は切れた。

カストラップ空港へは、大学からのタクシーがわざわざ僕を迎えに来た。名誉博士号の授与式は、僕が大好きな青紫色のライラックが満開に咲いている白亜の大学本部で粛々と行われた。学長が意味不明のラテン語の文言を言った後に、ディプロマと山高帽子を授与してくれた。本部の庭の祝砲の轟音《ごうおん》は、建物の窓ガラスを激しく揺らした。僕は絶対に泣かないと決めていた。しかし、万感の想いに涙が出た。

「帽子と燕尾服《えんびふく》のアキラって、アジアのどこかの国の皇太子みたいだね」とカミラもベングトもスマホの写真を見て揶揄した。

堅くて平坦な樫《かし》の椅子に三時間も座るのは、尻が猛烈に痛いぞ」とすでに名誉博士になっていたベングトが言ったとおりだった。長すぎる祝典のさなかに、三十年前のイエテボリの別荘での彼との会話を思い出していた。

「人間は孤独だ。でも孤立なんかしていない。私もアキラも、家族との太い絆を創るぞ。もちろん家族や友人とも強い絆を保ち続ける。コミュニティーとも太い絆を保ち、豊かに生きる」とベングトが言った夜だった。その夜はゴーゴー、ゴーゴー、ヒューヒュー、ヒューヒューとモミの針葉樹林を通り抜けた強風が一晩中泣き続けた。

「アキラ、強い絆を保つ意義を日本人なら判るだろう。日本人は大家族で平穏に暮らしている。羨ましいな。デンマークじゃ高校に入学したら、子供は親元を離れてしまう。寂しいよ。日本のように毎日子供たちに会えるなんて羨ましい。この国では会えるのは夏至祭とかクリスマスだけ。家族全員が集って大騒ぎするんだ」

ニューハウンの長い夕暮れは、強烈な夏の太陽光が容赦なく差し込んでくる。授与式の翌日に、僕はベングトとここへ来た。遊覧船やヨットが見渡せるレストランのパラソルの下に座った。喧噪《けんそう》の中に佇んで、僕たちは船着き場をボンヤリと眺めていた。カールスバーのビールで彼と何度も乾杯した。なんたる至福の時間だろう。

三十年前には、幼かった娘たちと妻かおりがいた。この日の夕暮れも変わりなく恐ろしいほど長い午後だった。水平に入射してくる太陽光線を両手で遮っても眩しすぎた。茜色染まる夕暮れ時の空は太陽が地平線に沈むまでは、呆れるほど長い。僕は、今日もまた長すぎる夕暮れを克明に観察したいと願っていた。

帰国したら診療所の再建という大きな仕事が僕を待ち受けている。

この作品は、著者自身のエピソードをもとに構成された小説ですが、登場する人物名、団体名等は、一部を除きすべて架空のものです。

著者プロフィール

山口　晄（やまぐち　あきら）

1951年6月生まれ。愛知県出身。
医師。
名古屋大学教授を経て関西福祉科学大学教授となる。
専門は下肢関節再建学。
趣味 旅行、油絵、エッセイ。

診療所の大事件

2024年10月15日　初版第1刷発行

著　者　山口　晄
発行者　瓜谷 綱延
発行所　株式会社文芸社
〒160-0022 東京都新宿区新宿1－10－1
電話 03-5369-3060（代表）
03-5369-2299（販売）

印刷所　株式会社エーヴィスシステムズ

ISBN978-4-286-25695-5